リンダを殺した犯人は

伊兼源太郎

Igane Gentaro

実業之日本社

目次

装画／太田侑子
装丁／泉沢光雄

リンダを殺した犯人は

一章　リンダ

1

フライドポテトを口に運び、志々目春香《ししめはるか》は頬が緩んだ。

「やっぱ、ポテトはマックだよねえ。それも、しなしなに限る」

「断固、カリカリです」

藤堂遥《とうどうはるか》がネクタイの結び目に手をやり、きつく締め直す。

「しなしな」

「カリカリ」

春香はポテトをつまみ、先を藤堂に向けた。しなしなポテトの先が折れ曲がる。いい具合の柔らかさで、おいしそうだ。

「だからこはるは女に振られるんだよ」

「意味不明です」

「どう転んでも、しなしなの方がおいしいじゃん。ほどよく塩が染みて、ジャガイモの味がちゃんとして、これぞポテトって感じ。カリカリポテトの取り柄は歯ごたえだけで、味はてんでなってない。しなしなのおいしさを理解できない男が、女心を理解できるはずない。女子を代表して、おまけに三十四年の人生を賭け、あたしはそう断言する。よってこはるはモテない。ＱＥＤ」

「こはるって呼び方、いい加減に止めてください。これを言うの、もう何度目です？」

「ざっと三百回目くらい？　しょうがないじゃん。あたしの名前もハルカなんだし。漢字は違うけど、区別しないと」

「諸先輩方みたいに苗字で呼んでくださいよ。俺には藤堂って立派な苗字があるんです」

「下の名前で呼んだ方が親近感湧くでしょ」

春香はポテトを口に入れた。午後一時半。新橋のマクドナルドには会社員の姿が多かった。お勤めご苦労様です。春香は胸中で呟く。なにげない日常がここにはある。窓の向こうでは、初冬の穏やかな陽射しの下を会社員たちが行き交っていた。

「なんでこはるって呼ばれんのが嫌なんだっけ」

何度か尋ねた気がする。興味がないので、聞いたそばから忘れてしまう。

「こはるっていう響き、女性っぽいじゃないですか」

「ジェンダーレスがどうこう叫ばれる二〇二三年になに言ってんの。時代錯誤だね」

「だからこそなんですよ。各々《おのおの》が自分らしく生きていく、おおいに結構、大賛成です。俺は昔気質《かたぎ》の男らしく生きたいんですよ。雄々しくね」

藤堂が拳を握り、胸の前にかざした。

「それにしちゃ、華奢だよね」

「細マッチョなんですよ」

藤堂が力こぶをつくった。

「ふうん。顔はまあ、さっぱり系の豚骨醤油って感じだよね。ワイルドな映画に出てても、違和感ないかも」

「顔と体型についてどうこう言うのも、かなりやばいご時世ですからね」

「知ってる。別に見た目や体型で人を判断しないし、差別もしない。事実を述べただけ」

春香はポテトをつまんだ。しなしなでもカリカリでもない一本だ。最近、こんな感じのポテトが多い。

「さっき言った、女心ってのももうやばい言葉なのかもね。十年後には男と女って単語も使用禁止になってるんじゃない？　原理主義者たちが跋扈《ばっこ》しててさ。そっちの方がよっぽど排他的だってのに。原理主義者たちはさておき、本質的な意味での各々の道なら、あたしも大賛成。昔気質の男らしく生きたいんなら、こはるのままでいいでしょ」

「どういうことですか」

藤堂が眉を寄せる。

「西郷隆盛《さいごうたかもり》、従道《つぐみち》の兄弟を知ってるでしょ」

「それがなにか」

「隆盛は大西郷、従道は小西郷って呼ばれてた。小西郷ったって、海軍大臣もやった人だよ、軍隊の親玉だよ。男っぽさ満点じゃん。従道にあやかって小さい遥、略してこはる」

「大はるかって言われて嬉しいですか」

「嬉しいに決まってんでしょ。あたし、西郷さん大好きだもん。だいたい、課長も管理官も係長もこはるって言い始めてるし。呼びやすいんだよ。感謝しな。あたしのクリティカルヒット」

　春香は親指を立てた。いずれ後輩も「こはるさん」と呼ぶだろう。じきに諦めもつくはずだ。

「志々目さんだけ、勝手に西郷さんにあやかってください」

「だめだめ。うちのカイシャにいる限り、西郷さんからは逃れられないの。うちのカイシャの根本って、明治維新後に薩摩《さつま》の人たちで作ったようなもんでしょ。トップだった川路利良《かわじとしよし》はもちろん、末端も大半が旧薩摩藩士でさ。で、そもそも川路利良を東京に呼んだのが西郷さん。いわば、うちのカイシャのゴッドファーザー。こんな西郷兄弟の呼び名にあやからない手はない」

「ゴッドファーザーって、マフィアの映画でしたよね。うちのカイシャと真逆の人たちですよ」

「いちいちうるさいな。だからモテないんだよ」

　春香はポテトをつまみ、口に入れた。藤堂が眉を寄せる。

「百歩譲って、俺がこはると呼ばれるんなら、志々目さんもだいはるって呼ばれるべきでしょう。大はるかって言われて嬉しいんですよね。今日からだいはるさんって呼びましょうか？」

「いいけど、流行《はや》んないよ、呼びにくいじゃん。センスないね」

「痛いところを突きますね。センスないのは認めます」

春香の携帯が鳴った。藤堂が考え込むように指で眉間を押さえる。

「嫌な予感がします」

「外れるといいね」

液晶にはカイシャの番号が表示されていた。春香は携帯を耳に当てた。

「志々目です」

「殺しで臨場要請が入った。場所は大久保。いまどこだ」

係長の児島洋司《こじまようじ》だった。

「新橋のマックです」

「またかよ。好きだな。こはるも一緒か」

「もちです」

「なら、直接現場に行ってくれ。住所はメールで送る。また後でな」

通話を終えると、藤堂と目が合った。

「なに辛気くさい顔してんの。あたしが通話中にまた女に振られたとか」

「または余計です。電話、係長からですよね」

「そ。殺し。大久保だって」

「残念ながら嫌な予感が当たりましたか」

「あのさ」と春香はポテトを箱ごと手に取った。「いやしくも警視庁捜査一課の人間なら、事件が飯のタネでしょ」

「俺たちが毎日暇《ひま》で暇で四六時中あくびを嚙み殺す方がいいんです。平和な世の中ってことなんですから」

「理想だけど、そんなの夢のまた夢」

春香は残りのポテトをコップで水を飲むように口の中に流しこんだ。しなしなもカリカリも、そのほかも一緒くたになる。食べ応えはあるけど、無粋極まりない。

児島から現場についてのメールが届き、春香は柔らかなマフラーを手早く巻き、トレンチコートを羽織った。藤堂もステンカラーコートを手に取っている。

現場は『ベル第一コート』という古いマンションの一室で、JR大久保駅を出て、エスニックな店が並ぶ通りを抜けて五分ほど歩いた住宅街にあった。オートロックはなく、管理人もおらず、誰でも自由に出入りできる建物だ。規制線が張られ、制服警官が前に立っている。春香はバッジをかざし、藤堂と並んでナワバリの内側に入った。

強い風が吹いた。十一月下旬らしい鋭さだ。ひんやりとした空気が頰をかすめ、足元をビニール袋が転がっていく。

マンションの出入り口前に、マウンテンパーカーを着た児島がいた。身長が二メートル近くあり、否応なく目立っている。学生時代はレスリングの五輪強化選手で、警視庁に入ってからも全日本選手権で上位入賞を果たしたという。五十を過ぎてもがっちりした筋肉質な体型を維持し、いわゆる中年太りとは無縁だ。

お疲れ様です、と春香と藤堂は一礼した。おう、と児島が手を上げる。

「ご苦労さん。鑑識はまだ続いてる。現場に入れるのは明日以降かな。マルガイは身元不明の若い女性。布地で首を絞められ、最終的には首の骨が折れてる。詳しいことは今後の解剖次第だが、初見だと死後一日か二日だそうだ。肌の感じからして、東南アジア系だな。鑑識によると、遺品と思しきスマホでのメッセージのやりとりも東南アジア系の言葉か、英語ばかりだってよ。近くの防犯カメラ映像を集めてる最中だ。二人は地取りに回ってくれ」

捜査は交友関係をあたる「鑑取《かんど》り」、現場付近を聞き込みする「地取《じど》り」、その他を扱う「特命」などに分かれて行う。被害者の身元が判明していれば、交友関係を探る「鑑取り」にも人を割くが、現状では現場周辺を洗う地取りをする以外ない。

「このマンションに防犯カメラは――」春香は視線を巡らせる。「ないですよね」

「ああ。今のところ叫び声を聞いた人も、付近で不審人物を見た住民もいない」

「腕が鳴りますよ」

「思う存分ふるってくれ。こはる、冴えない顔だな。女に振られたのか」

「係長まで……」藤堂が首をゆるゆると振る。「振られる暇もないですよ。やっとこさ昨日、待機組になったばかりなのに」

警視庁捜査一課にはおよそ四百人が所属し、概ね十人ごとの係に分かれ、事件を抱えていない係は待機組として本庁で定時での勤務となる。はっきり言えば、骨休み期間だ。真の意味での非番なんて、刑事には存在しない。

常勝の児島係。捜査一課内で殺人犯捜査第二係はそう呼ばれている。五年前に児島が係長となって以来、幾多の事件を手がけ、犯人を逮捕してきた。しかも事件発生から一ヵ月以内に。いわゆる〝お宮入り〟はない。係員は異名を誇りに思っている。春香は三年前に、藤堂はその一年後に所轄から児島係に引き上げられた。

「そんなに休みたかったの？　男の子なのに情けない」と春香は茶々を入れた。

「二十五連勤だったんですよ。ちなみに男の子うんぬんも、ご時世的にやばい発言ですからね」

「一般論でしょ。昔気質のたくましい男でいたいなら、『仕事？　どんとこい』的な感じで生きなさいよ。先月三十三歳になったんでしょ。燦々と輝く三十三じゃん」

児島係最年少で、春香より年下は藤堂だけだ。

「散々な三十三にならないのを祈ります。なお、たくましい男と年齢は無関係です」

「じゃれ合いは後にしろ」児島がメモ帳を開く。「ガイシャの隣室と上と下は別組があたり、留守だった。引き続き、上の階からあたらせてる。二人は下の階から頼む。土地柄、外国人の居住者が多いようで日本語が通じない場合もある。志々目のべしゃりの出番だな」

「久々に英語が使えそうで嬉しいです。こはるも中国語を使いたくてうずうずしてる？」

「半ば忘れてますよ……って、俺が喋れるのは日本語だけです」

「もっと語学を勉強した方がいいよ」

「志々目さんだってブロークンイングリッシュでしょ。係長、通報はあったんですか」

「ああ。今朝八時、女性から。番号は非通知で匿名だった。カタコトの日本語でな。特定を急いでる。昼に帳場《ちょうば》の設置が決まった」

すべての殺人事件で帳場——捜査本部が立つわけではない。所轄《しょかつ》や鑑識、機動捜査隊の初動捜査で犯人が逮捕されたり、その目星がついたりすれば本庁捜査一課に出動要請は入らない。

「第一発見者は？」

「通報を受け、駆けつけた新宿署の地域課員だ。部屋は無人で、鍵が開いてたってよ」

一一〇番したのが誰にせよ、通報が八時なら本格的に初動捜査が始まったのは九時頃か。所轄や機動捜査隊が三時間頑張ったものの、容疑者の見当がつきそうもないと判断されたのだ。

「頼んだぞ」

児島に見送られ、春香と藤堂は早速マンションに入った。エレベーターはなく、薄暗い急な階段だけだ。最上階は六階で、五階の五〇九号室が現場だという。

指示通り、一階の一〇一号室からあたっていく。一〇四号室までインターホンを押しても無反応で、誰も出てこなかった。ドア越しの気配、電気メーターの回り方からして居留守ではない。

「平日の昼間ですもんね。大抵の人は働きに出ています」

「同感。無駄な行為の積み重ねが捜査だと痛感する」

一〇五号室。藤堂が名乗ると、初めて反応があり、ドアが開いた。住民は東南アジア系の男性だった。よれよれのスウェット上下で、カタコトの日本語だ。春香もカタコトの英語と身振り手振りで、質問していった。

「悲鳴を聞いていませんか」

「はい、ナニモ」

「五階の女性と面識はありますか」

「メンシキ?」

「五階の女性を知っていますか」

「ダレモしりマセン。このマンションにきたばかりデス」

「一応、在留カードを見せてもらえますか」と藤堂が言った。

男性は素直に応じた。カードに問題はなかった。彼はフィリピン人で、今年の春から新宿の料理店で働いているという。名前と連絡先も聞き、聞き込みを終えた。

二階も一階同様に留守か、何も知らないと繰り返す外国人居住者だった。階段の隅には小さな虫の死骸や塵《ちり》が溜まっている。

三〇二号室。高齢の日本人女性が出てきた。

「何があったの？　ずいぶん騒がしいけど」

藤堂が簡潔に事情を説明し、悲鳴や不審人物について尋ねた。高齢の女性が自らを抱きしめるように腕を体に回す。

「このマンションにも外国の人が増えてね。夜中でも朝方でも人が出入りするし、悲鳴みたいなお騒ぎもしょっちゅうだから。見たことがない人が頻繁に出入りするし、なんだか怖くてね」

大きく捉えれば、外国人への偏見だろう。全国各地、マンションなどの集合住宅には見知らぬ人間が集まっているのだから。

「一昨日から今朝までは？」と藤堂が訊く。

「いつも通り」

「住民同士、挨拶はしますか」

「たまにね。すぐ見かけなくなるけど」

女性への聞き込みを終え、作業を続けた。四階で上階から聞き込みをした二人と顔を合わせた。

「どうでした？」

藤堂が訊くと、二人は肩をすくめた。

「こっちもです」

春香と藤堂も肩をすくめてみせた。

2

「身元は依然不詳。財布も身分証もありません。死因は当初の見立て通り、首を絞められての窒息。その際、首の骨が折れたと思われます。死亡推定時刻は昨晩八時頃――」

スマホが残されていても日本で購入されたものでなければ、身元を洗うのは困難だ。鑑識課員が説明を続けていく。

捜査会議は午後十一時過ぎ、新宿署の大会議室で始まった。捜査には新宿署刑事課の十人と、本庁捜査一課の児島係が携わることになった。正面のひな壇には、警視庁捜査一課長の荒木《あらき》恒夫《つねお》と新宿署長が並んでいる。仕切りは捜査一課管理官の中辻勲《なかつじいさお》だ。キツネと人間とカブトムシだな、と春香は思った。荒木は顔が細くて目はつり上がり、署長は中年太り真っ盛りの典型的なおじさん、中辻の髪はポマードでカブトムシのように光っている。

中辻にはあだ名もある。

スポークスマン——。中辻が入る帳場では、捜査が節目を迎えるごとに報道機関が特ダネとして報じている。

鑑識の報告が終わり、児島が立ち上がった。

「なお、通報は東京駅構内の公衆電話からでした。公衆電話に近い防犯カメラ映像に通話する女性の後ろ姿が映っておりましたが、顔はわかりませんでした」

「リレー方式でつなげ」

別々の防犯カメラ映像を時刻順でつなげていき、映っている人物の行動を追っていく作業だ。現在の捜査では不可欠な作業の一つになっている。

「はい。鋭意作業中です」

「死亡推定時刻の前後三時間、人の出入りは？」

中辻の声が飛ぶ。児島の目配せを受け、春香が立ち上がった。

「摑めていません」

前後左右から視線を感じる。所轄の捜査員にとってみれば、イリオモテヤマネコでも見る気分かもしれない。事実、女性の警官は増えているが、本庁捜査一課にも数えるほどしか女性はいない。児島係も女性は春香だけだ。並の神経では一年ももたない。注目を浴びる以上、結果を残さないといけない。結果を残せなければ、「やっぱり女は」という時代錯誤な評価に繋がり、自分だけでなく、女性の警官すべてが侮《あなど》られてしまう。背中を丸めて下を向いているだけでも侮られる組織だ。春香は常に胸を張るように心がけている。ただでさえ自分は大きな垂れ目で、輪郭も鼻や口も丸みを帯びたタヌキ顔なので、外見でなめられやすい。なめるなよ、という雰囲気だけでも出しておきたい。ルッキズムどうこう言われていても、まだ見た目で判断されることも多い世の中なのだ。

補足します、と別の捜査一課員が立ち上がる。

「付近の通りにある防犯カメラ映像を集めており、解析中です」

追うべき対象者がはっきりすれば、当該人物が何時にどこを歩いていたのかが重要になる。ただし防犯カメラの性能で、夜は鮮明に映っていない映像もまだ結構ある。

「二人とも座れ」児島が言う。「正面のホワイトボードに書いた通り、現場となった部屋の借主は木村功一《きむらこういち》。運転免許証データによると、現在五十一歳」

「帰宅次第、任意で聴取しよう」と荒木が声を発した。

「おそらく帰宅しません。部屋には日本語の本や説明書、資料といったものがありませんでした。ここで外国籍らしきガイシャが殺害された状況からしても、外国人に又貸しされている模様です。鑑識によると、複数人の生活痕があります。ざっと見積もって六人以上。指紋は三十人以上分がとれていますかなり出入りもあるようですね」

「部屋は1DKだったよな」と荒木が問う。「もう少し詳しく聞かせろ」

「共同生活を営んでいたようです。カルト宗教的な共同生活ではなく、必要に迫られてのことだと思われます。布団は敷きっぱなしで雑魚寝《ざこね》スタイル。ベトナムから輸入された袋麺、各種スパイス、ペットボトル、菓子パンの袋、キャベツ、大根などの野菜類がキッチンやシンク、冷蔵庫にありました。衣服などの遺留品がリンダのものかどうかはわかりません。携帯電話は本人の画像が大量に残っていたため、リンダのものと思われます」

荒木が目を鋭くする。

「本人以外の画像も入っていたのか」

「はい。おそらく家族、犬、東南アジア系の若い男女の画像です。断定はできませんが、日本人と思しき画像はありませんでした」

「共同生活者が六人以上いるんなら、誰かと接触できたのか」

「いえ。誰も帰宅してきません。現在、捜査員を四人張りつけています」

そうか、と荒木が細い顎をさする。

「生活費を切り詰めるための共同生活なら、いずれ戻ってくる。宿に寝泊まりする金もないだろう。大家や管理会社は又貸しや木村についてなんて言ってるんだ」

「両者とも又貸しについても、木村の居場所についても知らないと話しています。嘘を述べている様子はありません。もちろん、木村功一も共同生活者の一員かもしれませんので、見つけ次第事情を聞きます」

「次、携帯履歴分析班、報告を」

中辻がポマードでオールバックに固めた頭をひと撫でして命じると、春香の右前の捜査員が立ち上がった。

「ガイシャの携帯に登録された番号は四十三件。メールやＳＮＳのやりとりはベトナム語と英語でした。被害者はリンダと呼ばれていたようですね」

リンダちゃんか、と春香は脳に刻み込む。

「各番号に電話を入れてみました。出ない、もしくは出ても『スミマセン』『ワカリマセン』とすぐに切られ、かけ直してももう出ません」

「電源が入ってる限り、だいたいの居場所は割り出せるだろ」と荒木が指摘する。

「いま、まとめています」中辻が話を引き取る。「ピンポイントで割り出せませんので、通信会社の協力を得て、随時居場所を特定していきます。明日はそれを追ってみます」

「誰も大久保に戻ってこないんなら、集団でリンダを殺害した線もある。ただの参考人としてではなく、気を引き締めてぶつかれ」

荒木が鋭い語気で放ち、はい、と中辻が野太い声を発する。

「メールやＳＮＳに手がかりはなかったのか」と荒木がさらに問う。

「頻繁にやりとりする相手がいました」と児島が答えた。「アルファベットのＱと名乗っています。２Ｋ、５Ｋなどと金銭を匂わせる単語、場所、仕事と思しき内容を記しています。外国人専用の派遣業者でしょう」

「Qとは接触できないのか」

荒木が質すと、児島が渋面を浮かべた。

「試みていますが、反応はありません。登録外の電話やメッセージには対応しない模様です。やりとりの内容からして、違法業者の可能性が高いでしょう」

「仕事面でのトラブルも視野に入れた方がいいな。むろん、単純な物取りの線もだ」

交友関係、仕事面、金銭面。動機は色々と想定できる状況だ。現段階では、荒木の幅広い方針は正攻法だろう。

「又貸ししてる木村功一がQって線もあるぞ」と荒木が指摘する。

「それも含め、洗っていきます」と中辻が応じた。

明日以降、捜査一課の誰と新宿署の誰が組み、どの作業をしていくのかを児島が述べていく。どんな現場でも大抵、捜査一課の人間と所轄の人間が二人一組となる。所轄捜査員の土地鑑は大きな武器になるのだ。

「志々目は藤堂と」

はい、と春香と藤堂は声を揃えた。いつも通りの流れだった。春香と藤堂は本庁捜査一課員同士ながら、どんな現場でもコンビを組んでいる。

二年前の五月、春香が捜査一課に入って一年が経つ頃、江古田《えごた》署に設けられた殺人事件の帳場で、所轄の年嵩《としかさ》が相勤《あいきん》になった際、『女だと余計な気を遣って、調子が狂う』という文句が児島に寄せられた。

——女だから？　気にする必要ねえのにな。一人の警官として扱い、一緒にやりゃいいだけじゃねえか。能力がないって白旗を揚げたんだよ。能力があれば誰と組んでも関係ない。志々目はたいしたもんだ。実力不足野郎を炙《あぶ》り出してくれた。

児島は笑っていた。江古田署の年嵩は言葉にはっきり出したが、春香はそれまで組んだ所轄の人間が窮屈そうに動いているのを感じていた。

翌日、江古田署の刑事課にいた藤堂と組むことになった。

——藤堂君もハルカっていうんだ。こはるって呼ばせてもらうね。

——承知しました。よろしくお願いします。

藤堂は殊勝に頭を下げた。この先、こはると呼び続けられるとは想像もしていなかったに違いない。

業務面というより、食事、トイレ、歩く速度など人間として不可避な生活行動面で、まったく気を遣わなくていい相勤だった。それまでは張り込み中、我慢の限界に達してトイレに行くと告げると、舌打ちする相勤もいた。藤堂は『長丁場なんでトイレに行ってきます』と進んで言い、『先に行きます？』と聞かれる時もあった。食事では、おじさんが入店を忌避するようなこぎれいな店にも、藤堂は躊躇なく入れた。春香はこぎたない店の食事も好きだが、都内ではこぎれいな店しかない地域もある。そういう時はコンビニのおにぎりかサンドイッチで済ますほかなかったのだ。

一言でまとめるなら、藤堂とは相性がよかった。気を遣わなくてすむ細かな事柄の積み重ねは、捜査面でもいい結果をもたらした。聞き込み時にはより頭が回転するようになり、張り込み時も空腹や尿意を頭から追い出せた。

刑事としても、藤堂の能力は高かった。聞き込みでは物腰が柔らかいながらも鋭い質問を放ったり、じっくり相手の話を聞いたり、長時間の張り込みにも文句一つ言わず、じっと気配を消していた。『もう少しゆっくり話を聞きましょう』『あと一時間待ちましょう』などと、臆せず春香に意見を述べる時もあった。おじさん刑事は大抵、聞き込みでは居丈高《いたけだか》で、張り込みでは文句のオンパレードだ。はっきり言って、一緒に仕事をするだけでテンションが下がる。

当該事件で、藤堂が犯人に繋がる証言を引き出した。捜査が無事に終わり、警視庁の待機組になった折、春香は児島に直訴した。

——こはるを係に引き上げてください。各所轄のベテランに注文をつけられたり、文句を言われたりするの面倒なんで。今後は所轄の人じゃなく、こはると組ませてほしいんです。あたしだって、ぶうたれるおじさんに余計な気を遣うのはご免です。

係のベテラン捜査員の一人がまもなく定年退職でいなくなるため、新たに所轄から引き上げるべき者がいないかアンテナを張っておくよう、係員は児島に指示されていた。

——ほう。帳場で捜査一課員同士が組むケースもないわけじゃないが、土地鑑がないとなにかと不利だぞ。

帳場での人員配置は児島が差配している。児島がそうと決めれば、話はまとまる。

——不利？　なにを今さら。女っていうだけで不利な組織なんです。もう慣れっこですよ。

――いい度胸だな。結果を出せなかったら、何を言われるかわからんぞ。志々目も藤堂も俺も。まあ、いいか。一課だけが人生じゃねえし、今回藤堂も結果を残した。所轄での成績もいいみたいだ。

三ヵ月後、藤堂が児島係に配属された。春香は児島の下にいて幸運だった。

春香と藤堂は、リンダとやりとりのあった携帯電話のうち、東池袋での電波発信源を特定する担当になった。他の組も、新宿や渋谷などでの電波発信源を割り振られた。事件現場で共同生活していた全員が一緒に移動しているのではなさそうだ。同居人たちはどんな関係だったのだろうか。

一時過ぎ、捜査会議はお開きとなった。家路につく者だけでなく、最上階の柔道場に向かう者もいる。警視庁の職員といっても、千葉や埼玉など近隣県に住む者も多い。群馬や山梨から通う者もいる。終電はとっくにないため、彼らは柔道場に泊まり込む。

「こはるも柔道場にお泊まりでしょ」

「ええ。終電ないんで」

「そろそろ近場に引っ越したら？」

「近場ってどこのですか。事件次第で、都内のあらゆる場所に行くんですよ。二十三区内はもちろん、奥多摩、伊豆諸島まで。どこに住んだって一緒でしょう。だったら、好きな街に住めばいいんです」

藤堂は高円寺に住んでいる。カジュアルで、こぢんまりした街の雰囲気がかなり気に入っているらしい。

「食事、付き合って。コンビニじゃ味気ないからさ」

「寝る前に食べると太りますよ」

「激務だから問題なし。明日もどうせ歩き回るんだから、カロリーは消費できる。お腹空いてたら寝れないじゃん。新宿だからラーメンでどう」

「乗りました。善は急げ。とっとと行きましょう」

藤堂は無類の〝こなもん〟──小麦料理好きだ。ラーメンだけでなく、うどん、スパゲティ、ピザ、パン、お好み焼きなどに目がない。一度、春香が時流に乗って小麦を避けるようになった時、鼻で笑われた。

──グルテンフリー？　クソくらえですね。どうせ短い人生、好きなもんを食べなきゃ損でしょ。

まったくその通りだと納得し、その日から春香もその時欲したものを好きな時間に、好きなように、好きなだけ食べることに決めた。幸い、チョコレート以外で食べられないものはない。世界中どこでも生きていける自信がある。藤堂に感化されてから体重が三キロ増えたのは、ご愛敬だ。

新宿署を出て、駅の西口近くで熊本ラーメン店に入った。夜中だというのにカウンターはほぼ全席埋まっている。テーブル席に通され、角煮ラーメンを頼んだ。

「マルガイは最期《さいご》、何を思ったんだろうね。本当ならまだまだ人生が続いただろうに」

「志々目さんってそういう面は、マジで模範的な刑事ですよね」

「そういう面って？」

「マルガイの心中に思いを馳せられる面です。事件が飯のタネって嘯《うそぶ》きながら」

「そう？　普通じゃん」

「普通じゃないですよ。普通は、刑事って立場にだんだん慣れてくるもんです。俺が見る限り、先輩方の大半はガイシャへの思い入れなんてゼロに等しい」

「薄情者……とばかり言えないか。いつも全力百二十パーセントで事件と被害者に向き合ってたら、心がすり減っていくばかりだもん。感情を遠ざけておくのも、プロの在り方の一つだよ」

医者と同じだ。すべての患者に感情移入しては、身も心も到底もたない。どこかで人間としての自分と職業人としての自分を線引きしないとならない。仕事だと割り切ることは自分を守るすべであり、ひいては社会のためにもなる。警官や医者が被害者や患者に心を砕きすぎ、業務をまっとうできなくなってはならない。

「ん？　ちょい待ち。あたしがプロになりきれてないってこと？」

「プロうんぬんは志々目さんが言ったんです。各々やり方が違うってだけでしょう」

「お、いいこと言うじゃん。あたしが刑事部長になったら、こはるを捜査一課長にしてしんぜよう。この大はるかにお任せあれ」

春香は胸を右拳で叩いた。

「はい、期待してます。警視庁の刑事部長なら、階級は最低でも警視長です。一課長だって最低でも警視でしょう。警視以上は昇任試験はないですが、人事の厳しい選考があります。警視って警察官全体の二・五パーセントしかなれません。ノンキャリアで警視になれるのは、ごくごく一部の人間です。そもそも、うちのカイシャの階級をちゃんと言えます?」

「それくらい言えるよ。下から巡査、巡査部長、警部補、警部、警視、警視正、警視長、警視監、警視総監でしょ」

「ご名答。我々はまだ巡査部長です。下から二番目です。まず警部補、次に警部への昇任試験という高い壁を乗り越えましょう。勉強する時間なんてありませんが」

「うわあ、嫌な現実を突きつけてくるね」

春香は眉を顰《ひそ》めた。

「俺は志々目さんのことを思って、言ってるんですよ」

「親みたいなセリフだね。受験生の時、そんなことを言われた気がする」

「本気で刑事部長になりたければ、現実を直視しないと」

おまちどおさま。ラーメンが二人の前に置かれ、豚骨スープのいい香りが漂った。春香は割り箸を手に取った。

「刑事部長の道も一歩から。まずは目の前のラーメンをいただこう」

「刑事部長になって何がしたいんですか」

「何っていうか、道を切り開きたいんだよね。女の刑事部長ってまだいないでしょ。あたしがなれば、後輩も続ける。そうやってやっと本当の能力主義が訪れるわけ。女性っていうだけで嫌な目に遭う警官が減る」

「なるほど。来るべき日まで、俺が捜査一課長として志々目さんの背中を守りましょう」

二人はラーメンをすすった。

春香は口元が緩んだ。おいしい。どんなに残酷な事件を捜査していても、いつからかちゃんと料理の味がするようになった。初めて殺人事件を捜査した時は、三食喉《のど》も通らなかったというのに。人間は変わっていく。ただし、変わってはいけないこともある。

「リンダってコ、異国に来て殺されるなんて、さぞ悔しくて、むかついて、寂しかっただろうね」

「ええ、さぞ無念だったことでしょう」

食事を終えると、藤堂と別れてタクシーに乗り、春香は高田馬場の住宅街にあるマンションに戻った。シャワーを浴び、腹部をさする。

この傷にも、もう見慣れた。


午前六時、池袋駅で藤堂と合流し、東池袋の住宅街に向かった。再開発が進み、かつては造幣局があった場所に広い防災公園と大学校舎が立っている。近くには高級そうな高層マンションが林立していた。そんな一角を過ぎると、古い住宅街になった。

「この辺ですよね。電波が発信されてたのは」

「みたいだね」

春香は周囲を見回す。古いアパートや戸建てがひしめきあっている。建築基準法的には再建築不可の物件ばかりのエリアだ。都心なのに閑静で、小鳥の鳴き声があちこちから聞こえる。

「ここでも大久保の事件現場みたいに集団生活してんのかな」

「充分ありえますね。ってか、どうやって居場所を炙り出せっていうんでしょう。相手が容疑者で令状があるなら、通信会社経由のＧＰＳで特定できるけど」

「名前も不明、顔写真すらないしね。とりあえず東南アジア系の人を見かけたら、片っ端から声をかけよう。言葉はなんとかなるっしょ。彼らも日本にいるんだし、ちょっとは喋れるはず」

二人は路地の隅に立ち、気配を消した。風が吹かなくても空気は冷え、肌寒い。七時、八時と過ぎた。通勤通学の姿は見られるものの、東南アジア系らしき人間はいない。

「こはるはこういう無駄な時間を過ごす時、何考えてんの」

「なんにも。無ですよ、無。毎日毎日、無駄な時間を過ごす荒行をした賜物《たまもの》ですね」

「ひゃあ、仙人みたい」

「そういう志々目さんは？」

「ランチに何を食べたいかとか、ディナーをどうするかだとか」

「食べられない時も多いのに？　無駄でしょう」

「楽しいことを考えてたら、時間が経つのも早くなるでしょ」

東南アジア系と思しき若い男女が古いアパートから出てきた。春香と藤堂は目配せを交わし、男女に歩み寄った。

すみません、と春香が声をかけると、男女はほぼ同時にこちらを向いた。

「警察の者で、志々目と申します」春香はバッジ型の警察手帳を開き、中を見せた。「大久保に住んでいた、リンダさんをご存じないでしょうか」

「イイエ」と男性が日本語で短く答える。

「アルファベットでQと名乗る人物はいかがでしょう」

「しらないデス」

今度は女性が日本語で応じる。二人とも怪訝《けげん》そうに春香たちを見ている。前置きなしの質問への反応として、本当に知らないと判断してよさそうだ。

「お二人、お国はどちらですか」

「ベトナムデス」

「ご一緒に住んでるので？」

「ハイ」と女性が短く答えた。

「他にも誰かと一緒に住んでいますか」

「イイエ」とまた女性。

「ベトナムの方に限らず、この辺りに東南アジアの方はお住まいでしょうか」

「たくさんイマス」と男性が言う。

「コミュニティーはありますか」

あれば、彼らのツテでリンダまで辿《たど》っていけるかもしれない。

「たぶん。ぼくたち、わるいこと、してマセン」

「我々はある人を捜しているんです。皆さんの力を借りられないかと」

「ぼくたち、なにも、できません。しごとおくれる、もういきマス」

「お仕事はどこで何を?」

「ぼくはシブヤでゲンバ、カノジョはメイダイマエのレストランでホール。もういきます、デンシャおくれマス」

「在留カー……」

藤堂が言いかけた時、春香は素早く手を上げて発言を制した。

「ご協力ありがとうございました」

若い男女は池袋駅方面に急ぎ足で歩いていった。

「いいんですか、身元を確認しなくて」

「殺害現場の遺留物とかからして、リンダは不法滞在者っぽいでしょ。だったらリンダを知っている人も不法滞在者の線が濃い。杓子定規《しゃくしじょうぎ》に型通りの聞き込みをしてたら、話してくれるものも話してくれなくなるよ。『お上でござい』的な、押さえつけるような方法って嫌いなんだよね。マニュアルって便利だけど、味気ないし」

「さっきの二人がリンダを知っていたと?」

春香は両手を軽く広げた。

「さあね。でも、コミュニティーはあるでしょ。二人からリンダを知る人に警察が動いていると伝わった場合、理解ある警官になら何か話そうって気になってくれそうじゃん」

「話そうとしてくれる人にあたるとは限りませんよ」

「大丈夫。帳場に男女コンビはアタシたちだけだから」

「駆け引きの一種でしたか。在留カードの確認、面倒なだけなので省いたって説もありますけど。所持者が日本で働いていいかどうか、どんな仕事なら可能かも記してますもんね。記載内容通りか裏取りするには、それなりの時間がかかります」

「疑り深いのは警官に求められる資質だけど、相勤まで疑うなんてモテないよ」

「ああ言えばこう言うですね」

それから九時までに四人の東南アジア系の男女に話を聞けた。いずれもベトナム人で、二人暮らしや独り暮らしだという返答だった。二人で手分けして聞いている間、別の東南アジア系の男女が駅に向かう姿もあった。

十一時、春香の携帯が震えた。児島からだった。

「上野に転戦してくれ。二人が担当する携帯がそっちに移動してな」

「随時電波を追ってたんですか？　だったら移動した段階で教えてほしかったですね。目星をつけられたかも」

「ぶうたれるな。相手は容疑者じゃないんだ。通信会社の厚意で三時間に一度、居場所を教えてもらえることになったんだよ」

「便利な世の中になりましたね」

「結果に結びつけてくれ。さもないと、いくら便利になっても宝の持ち腐れになる」

児島が発破をかけてきた。

3

ＪＲ上野駅からアメ横にいき、少し離れた路地にエスニック料理店があった。香辛料や肉が焼ける、いい香りが周囲に漂っている。児島の話では、ＧＰＳはこの辺りを指し示していた。

「ちょうどいいね、ランチにしよ」

「先にここが発信源かどうかの目星をつけた方がいいんじゃ？」

「腹が減っては戦はできぬ」春香は腰に両手をあてた。「大丈夫、この店かどうか確認する手段ならある。任せて」

店に入ると、客はちらほらいるだけだった。色鮮やかな布や壁紙の店内には、スパイスのいい香りが漂っている。席に案内され、春香はナシゴレン、藤堂はインドネシア風カレーを注文した。店員は日本人だけでなく、東南アジア系の女性も三人いる。そのうちの誰かがリンダの同居人かもしれない。

「まずはしっかり食べよう。作戦は食後に」

「まだ作戦を聞いていません」

「食べ終わったら、二人分のお金を先に払って裏口に回って。表はあたしが担当する」

「俺が金を？」

「日本は、まだまだ男が食事代をもつ文化でしょ。ぎりぎりまで一般客だと思わせたい」

「俺はATMじゃないんですよ。昼食代なんて経費で落ちませんし」

藤堂が口を尖らせる。

「後でちゃんと払う。ケチケチしないの、モテないよ」

「仕方ないでしょう、安月給なんですから」

「うちのカイシャ、ほんと安月給だよね。他の国はぐんぐん賃金が上がってるらしいじゃん」

「我が国も物価だけは、じゃんじゃんばりばり上がってますけどね。我々の仕事にとっても、他人事《ひとごと》じゃないですよ」

「ほう。ご高説を伺いましょうか」

藤堂が人差し指を立てる。

「最近、刑法犯が二十年ぶりに増えたと発表されましたよね」

「ようやく肌感に追いついたかって感じだったよ。ここ数年、殺人や強盗といった凶悪犯が統計上減っていたって言うけど、あれ、絶対嘘だよね」

残念ながらこの感覚は警官の総意だろう。

「ですよね。肌感では治安は悪化していましたから。自分の仕事が治安回復に役立ってないんじゃないか――っていう虚しさを感じる暇もないほどに。いざパクったら、短絡的な考えで金を奪ったり、人を殺したりした連中ばっかりです。これって未来に希望が持てないがゆえでしょう。未来に希望があれば犯罪に走る必要はない。希望のなさが、他人の生活を台無しにするのを厭《いと》わない連中を生み出す一端になってるんです」

「なるほど。じきにあたしたちは日常的に拳銃を携帯しそうだね」

「もっと激しい変化もありえます。一般人にも拳銃携帯が認められるような。玄関を開ける時は拳銃を構えるのが普通になるかもしれません」

「ますます治安が悪化するじゃん」

治安維持は警察の仕事だけど、限界がある。ＡＩやロボットが発達しても、強盗を未然に防ぐシステムは作れないだろう。犯人側は、ＡＩに検知されない言葉のやりとりを編み出すなどするだけだ。人口が減れば、警官も減る。しかし事件は増える。自ずと春香たちの負担も増す。やりきれない限りだ。

お待たせしました。ナシゴレンとインドネシア風カレーがテーブルに置かれた。スパイシーな香りが食欲をそそってくる。

一口含むなり、春香は目を見開いた。

「めちゃくちゃおいしい。そっちはどう？」

「やばいっすね、これ。早くも、もう一杯食いたいくらいです」

食後、打ち合わせ通り、藤堂が料金を払って先に店を出た。春香は席で一分待った。あの、と日本人の中年女性店員に話しかける。

「リンダさんは最近来てます？」

「さあ。私はリンダさんという方を存じませんが」

「他の店員の方に聞いていただけませんか。直接伺ってもいいのならそうします」

「はあ、店長に話してみないと」

春香は店員に身を寄せ、声を落とした。

「実は警察の者なんです。ご協力いただけないでしょうか。店員の方にリンダさんをご存じかどうか質問したいだけなんです」

店員がいぶかしそうに上半身だけ後ろに引く。

「ほんとに警察の方でしょうか。イメージが違って……。洋服はぱりっとされて、靴もおきれいで」

「身だしなみに気を配る警官もいます。化粧はおざなりですけど」春香は鞄《かばん》から警察手帳を出し、開いた。「この通り、本物です」

「片言のコもいますけど、大丈夫ですか」

「気合いでなんとかします。店長さんにはあたしから声をかけましょうか」

「店長は夜営業からなので、電話を入れておきます」

「店長は日本の方？」

「はい。他の店員から話を聞くの、お客さんのいないところでお願いできないでしょうか」

無理もない。警察が訪れても、いい評判には繋がらない。むしろ悪評がたちかねない。こちらとしても周囲に話を聞かれたくない。

「承知しました。では、お店の外で待ってます。他に店員は何名いらっしゃいます？」

「三名です」

「みなさん、勤務は夕方までですか」

「私は。みんなは夜番にも入ってます。夜番だけのコもいます。彼女たちも外国人スタッフです。ほんと頭が下がりますよ。働き者ばかりで」

「休憩もなく？」

「いえ、途中一時間の休憩はあります。学校みたいに短い休憩時間も」

「皆さん、長く働いてらっしゃるんですか」

「私はもう十年近く。あとのみんなも半年以上いますね。和気藹々《あいあい》とやってます」

居心地がいいのだろう。

「休憩は何時から？」

「三時からです」

まだかなり時間がある。

「では今から一人ずつ順番に伺うので、最初の方を呼んでいただけますか」

春香はトレンチコートをまとい、店を出て、入り口近くに立った。ほどなく二十代後半くらいの一人目の女性が来た。名前を聞き、核心の質問を投げた。

「リンダさん？　知らないデス」

女性はおどおど答えた。

「そうですか。お住まいはどちらですか」

「この辺りデス」

「どの国からいらしたのですか」

「ベトナムデス」

女性は短い返答ばかりだ。

「警察はリンダさんを知る方を捜して、じっくり話を聞きたいんです。知ってそうな方が友だちにいそうなら、いつでもこの番号にかけてきてください」春香は名刺を渡した。「そうだ、夜もお店に来るので、その時にでも教えてもらえれば。他の警官が新しい情報を拾うかもしれないので、それを確かめるためにまた話を聞かせてください」

続いて三十代前後の二人目がやってきた。戸惑い気味に、やはりリンダを知らないと言った。二十歳くらいの三人目も同様だった。三人とも今朝声をかけた中にはいなかった。

春香は児島に連絡を入れた。

「三時間ごとじゃなく、今日は変化があれば即時連絡がほしい、と交渉してください」

「動きがありそうなのか」

「あるなら、結構早くに。少なくとも三時過ぎには。よろしくお願いします」

三人の店員の中にリンダと通じる者がいるなら、彼女も不法滞在者の可能性が高く、これ以上警察との接触を避けたいはずだ。夜の営業にも警察が来て、話をしないといけないと知った以上、今日は早退したいところだろう。話しているうちに、いつぼろが出ないとも限らない。

ほどなく児島から折り返しがあった。

「ＯＫしてくれた。現時点でＧＰＳに変化はない」

店の出入り口まで戻り、日本人店員に礼を述べた。

「ご協力ありがとうございました。料理もとてもおいしかったです。ごちそうさまでした。コックさんは現地の方ですか」

「ええ。インドネシアの星付きホテルにいた人です。店長が引っ張ってきたんです」

「凄腕ですね。店長は現地とコネクションがあるんですか？　どんな方なんです？」

「学生時代にバックパッカーで東南アジアにはまったそうです。旅行会社時代に色々とツテを作ったとか」

先ほどの三人の誰かがリンダの同居人だったとすれば、店長がＱという可能性もあるのだろうか。

「もしかして他の外国人スタッフも現地のツテで？　お話を聞いた女性の方とかも」

「どうなんでしょう。そこは聞いたことありません」

「皆さん感じがよくて素敵なお店ですね」

「ありがとうございます。ぜひプライベートでもお越しください」

春香は店を離れ、出入り口が見渡せる路上で、警官専用の携帯電話――Ｐフォンを取り出した。イアホンをして、藤堂と常時繋がる状態にし、店員とのやり取りや児島への依頼を伝えた。

「了解。こちらは変化なしです。待機時間が短いのを祈ります」

三人の中にリンダの同居人がいてほしい。上野はここ十年弱でエスニックな雰囲気に拍車がかかった。外国からの観光客も多い。足がかりがないと、特定の東南アジア系の人物を捜し出すのはかなり困難だ。本格的な海外の味が多く食べられるようになったのは嬉しいけど。

午後三時過ぎ、イアホンに藤堂の声が流れた。

「一人、裏口から出てきました。東南アジア系の女性です。行確に入ります」

よろしく、と応じるなり、携帯が震えた。児島からだ。

「マルタイが動いた」

休憩は長くても一時間と言っていた。上野を離れるようなら、警察との接触を避けるためで、リンダの同居人と目して間違いないだろう。

「こはるが行確《こうかく》に入ってます。他の組の進捗具合は？」

「全然ない」

「あたしたちが一番槍になりそうですね」

通話を終え、藤堂とのイアホン通話を再開する。

「ビンゴっぽい。いまどこ？」

「アメ横に入り、御徒町《おかちまち》方面に」

「合流する。変化があったら教えて」

向かう先を突き止めたい。そこにリンダと同居していた人間がいるかもしれない。殺人犯がいる可能性もある。

アメ横で藤堂の背中が見えた。ケバブ、台湾料理、ピザなどの路面店からのいい匂いが入り交じっている。人通りが多い中でも藤堂の身ごなしは軽く、足取りは滑らかだ。

「こはるを現認。相変わらず、すいすい進むね」

「体捌《さば》きは警視庁内でトップクラスだと自負してますんで」

「次の大会に出るの？」

「練習不足で無理ですね。今年も去年も出られなかったし、残念です」

「ふうん。じゃあ、その分仕事で結果を出しなよ。おっ、なんだかサルサとかダンスとかできそうな感じの動きじゃん」

「縁遠い世界ですよ」

藤堂はぼそりと言った。

「マルタイはもうちょい先？」

「はい。十メートルくらい」

「いま、あたしもマルタイを現認。携帯でどこかに連絡をとった様子は？」

「ありません」

マルタイが藤堂の肩越しに見える。ナイロン製のジャケットを羽織り、鞄も肩にかけている。服装的には休憩時間の恰好ではないが、断言はできない。銀行で大金を下ろすのなら、財布ではなく封筒に入れるだろう。鞄も要る。

あれは……。ポニーテールの後ろ姿は、最初に話を聞いた相手だ。腕を余り振らず、前重心の歩き方も特徴的だ。マルタイはＪＲではなく、都営大江戸線に続く階段を下りていく。藤堂、春香の順で続く。

マルタイは飯田橋方面行きに乗り込み、春香と藤堂は隣の車両に乗った。春日駅で長い連絡通路を通り、丸ノ内線に乗り換え、池袋駅で降りた。休憩時間で出向く距離ではない。どうやらこちらの仕掛けで動いてくれたらしい。

マルタイは朝、春香たちが出向いた一角に進んでいく。周囲にひとけはない。マルタイは古いアパートの外階段を上がり、一番奥の部屋に入った。丸ノ内線を使うのなら、池袋駅より新大塚駅の方が近い。地理に不案内なのか？　いや、ちょうど池袋駅と新大塚駅の中間くらいのエリアだ。朝、あのアパートの住人にはあたれなかった。

春香は藤堂の横に並び、児島に連絡を入れ、内勤班に該当アパートの管理会社と持ち主を割り出すよう手配をした。携帯をバッグにしまう。

「彼女、店で訊いた時はリンダなんて知らないって、おどおどしてたコだね」

「今度はなんて言うんでしょう。楽しみです」

「性格悪いね。だからモテないんだよ」

「余計なお世話です。今日、何回俺のことをモテないって言いました？」

「さあ。モテないモテないモテないモテないモテないモテない。これで十回目くらい？」

児島から連絡が入った。

「部屋を借りてるのは日本人だ。今回も又貸しっぽいな」

「確度が上がりましたね。あたります」

春香は藤堂を残し、アパートを一周した。ベランダ側は隣の家の小さな庭に面しており、飛び降りての脱出もできそうだ。だが、逃げるなら玄関からだろう。プロの犯罪者とは違う。ベランダに靴を用意しているとは思えない。

「一応、こはるはここで張ってて。逃げ出した際に備えよう」

春香は一人で外階段を上がり、奥の部屋の前に立った。インターホンを押す。

「はい」と女性の声が中からする。

「警視庁の志々目です。上野のお店で話を伺った者です。もう少し詳しい話を聞かせてください」

数秒後、はい、と返事があり、ドアがゆっくりと開いた。目当ての女性が顔を出した。春香は素早く部屋の奥に目をやる。誰もいない。靴は多い。男物も女物もある。大久保の部屋と雰囲気が似ている。

春香は会釈《えしゃく》した。

「早退ですか」

「体調がワルイデス……」

「病院に行きましょう。警察病院なら手配できますので」

「イエ……そこまでは」

「そうですか。どこの具合が悪いのですか」

「アノ……ソレは……」

「体調不良を甘く見てはだめです。場合によっては命に関わりますので」

「ダイジョウブですので」

女性は歯切れが悪い。

「でしょうね」と春香は口調を改めた。「ここまで戻る際、具合が悪そうには見えませんでした。体調が悪い人は、あんなにきびきび歩けません」

女性が唇を嚙み、目を伏せる。

「……スミマセン、嘘デス」

「今度はありのまま話してください。日本の警察はしつこいんですよ。お名前は確かティナさんでしたね」

ニックネームだろう。本名を聞く気はない。

「ドウゾ、中に」

ティナは素直に応じた。

4

藤堂を呼び、春香はアパートの部屋に入った。ティナの他には誰もいない。六畳の和室に布団が敷き詰められ、薄いカーテンが閉められている。玄関から見えない場所にも洗濯物がぎっしり干してあり、男性ものもある。

上野のエスニック料理店からの流れで、春香が質問役になった。

「お店では上野界隈に住んでいると言われましたが、本当はここにお住まいに？」

「住んでイマセン」

「お宅は上野？」

「チガイます」

「住所はどちらですか」

「……アリマセン。昨日からココにトマッテます」

「昨晩まではどこに寝泊まりしていましたか」

ティナが目を泳がせ、うつむく。口も閉じた。春香は頭の中で秒数を数えた。三十秒後、ねえ、と砕けた口調で話しかける。

「あたしはいま、ティナさんの在留カードを確かめる気はない。だけど、このままだと確かめないといけない。話す？　それとも在留カードのことを聞かれた方がいい？」

ティナがゆっくりと顔を上げた。

「オオクボにいました」

「独り暮らしですか」

春香は口調を戻した。

「いえ。他の人たちとイッショにスンデました」

「何人で？」

「ろくにんです」

鑑識が生活痕で分析した読みと合致する。

「ティナさんがいた大久保の部屋に、リンダさんはいましたか」

「……ハイ」

ティナの声がますます小さくなった。

「リンダさんはいまどちらに？」

カマをかけた。ティナがこれから正直に話してくれるかどうかを試す質問だ。

ティナの表情が歪んだ。春香は再び待った。隣の藤堂も身じろぎしていない。部屋は静かだった。

「……イマセン」

「どこに引っ越したのでしょうか」

ティナが深く息を吸った。

「死んでシマイました」

「病気で？」

「チガイます。アサ、とてもゲンキでした。クビ、アカ……クロくて……」ティナが長い瞬《まばた》きをする。「クルシソウなカオでした。たぶん、ダレかに殺されたんです」

「ティナさんは警察に言いましたか」

「イエ。イッショのヘヤにいた人はダレもしてません」

「どうして」

「ワタシたち、ニホンにいてはダメです」

やはり不法在留外国人か。

「警察と接触したくないから、皆さん通報しなかったと？」

「ハイ。キョウセイソウカンされます」

彼女の言う通りなら、通報は誰がしたのだろう。

「リンダさんはティナさんたちの目の前で亡くなったのですか」

「イイエ。サイショにみつけたひとがヘヤにカエったとき、モウ死んでたそうです」

「最初に発見した人は誰ですか」

「リンダのおとうと。フタリ、とてもナカよかったです」

「ティナさんが、亡くなったリンダさんを見たのは何時頃ですか」

「オトトイのヨル、くじゴロです。シゴトからヘヤにカエったら、みんな、クライカオでした。ワタシがサイゴにモドッタです」

「リンダさんの遺体はそのまま置いて、ティナさんたち五人は部屋を出たのですか」

ティナは膝に置いた拳《こぶし》をぎゅっと握った。

「リンダのおとうとと、ワタシはひとばんノコッたです。リンダをひとりぼっちにしたくなかった。でも、アサ、はちじスギ、パトカーのサイレンがして、いそいでマンション、でました。Qのほか、ダレもワタシたちがあのヘヤにいたこと、シリません。まだベトナムにカエれません」

「ティナさんは何年前に日本に来たのですか」

「ごねんマエです。ギノウジッシュウセイとして、シズオカに」

技能実習生については昨今、ニュースで報じられている。様々な業界で日本人が厭う仕事をしているらしい。制度の廃止や見直しも検討されているのではなかったか。

「リンダさんも技能実習生だったと？」

「ハイ。ニホンでシリアイました」

「知り合ったのは、技能実習生として働いた職場で？」

「イエ、トヨタシのベトナムレストランです。リンダもワタシも、サイショのショクバをとびだしてました」

異国で公的制度の枠組みから外れるのは、かなりの覚悟が要る。職場や制度に相当な不満があったのか。

「東京にはいつから？　東京に来るお金はあったんですか」

「にねんくらいマエからです。おカネはなんとか……」

「リンダさんもビザが切れてるのですか」

「わかりません」

「リンダさんは何歳でした？」

「ワタシのにこウエ、さんじゅういっさいです」

「リンダさんが技能実習生として、どこで働いていたのかを知っていますか」

「いっかいキキました。でもワスレました。ニホンのチメイ、むずかしいです」

「東京、大阪、名古屋、福岡といった場所じゃないんですね」

地名に疎くても、日本に興味を持ち、来日するくらいだ。大きな都市の名前は知っているだろう。日本人がハノイ、ホーチミンといった地名を知っているように。

「ハイ、チガイました」

「彼女を恨むような人はいます？」

「いないです。あかるくて、やさしくて、とてもいいひとです。あと、ワンちゃんがだいすきでした。こうえんでよく、さんぽのワンちゃんにサワらせてもらってました」

ティナは寂しそうに呟いた。

「亡くなってしまい、哀しいですね」

春香はあえて月並みな質問をした。ティナは感情を隠すのが下手だ。万が一、彼女がリンダを殺害したのなら、違和感を覚える反応があるだろう。

ティナは泣き笑いのような微笑みを浮かべた。

「カナしくても、生きていかナキャ」

殺害には関与していないとみていい。

「大久保のマンションには、技能実習生だった人が集まっていたんですか」

「ハイ。カイシャをにげだしたひともいるし、ジッシュウきかんがオワッてもキコクしなかったひともいます。シャッキンをカエさなきゃいけません」

あの部屋の広さと間取りで六人暮らしか。夜、六人でもぎりぎり横になれるのだろう。独り暮らしの家賃はバカにならないし、そもそも不法滞在者が借りられる物件も少ないはずだ。

「この部屋も大久保の部屋も、日本人が借りていますよね。あなたたちはどうやってここに来たのでしょうか」

「ショウカイされました」

街の不動産屋が仲介するはずない。個人経営の店なら絶対にないとは言えないが。

「誰に？」

「Qに」

春香は藤堂とアイコンタクトを交わした。

「Qとはどんな人でしょう」

「もとギノウジッシュウセイのベトナムじんに、ヘヤやシゴトをくれます」

「ボランティアで？」

「イエ。おかね、てすうりょうハラいます。シゴトはまいつきいちマンエン。スマイはヒトヘヤ、はちマンエン。ヤチン、みんなでわけます。じゅうにんいれば、ひとりはっせんエンです」

「上野の仕事もQの紹介ですか」

「ハイ。そうでした」

「Qは組織なんですか、個人なんですか」

「しりません」

「Qは日本人ですか」

「さあ。やりとり、メールか、ウェイボーとかのSNSでします。ベトナムご、イングリッシュで。あいません」

いわゆる貧困ビジネスか。外国人マフィアが絡み、リンダは彼らの逆鱗《げきりん》に触れた？　ウェイボーを使うのなら、Qは中国人だろうか。

「リンダさんの弟と連絡をとれますか。このままでは警察に犯人だと思われます。リンダさんを発見した時の様子を話した方がいい」

第一発見者を疑うのは捜査のセオリーだ。はずみでの犯行という線は消せない。「カッとなった」「我を忘れた」などと公判で説明される状況だ。リンダの弟が犯人でないとしても、供述に手がかりが隠れているかもしれない。

「でも……キョウセイソウカンされます」

「リンダさんを殺した人間の逮捕が難しくなります。弟さんは今頃、逃げたことを後悔しているかもしれません。警察に話し、リンダさんを殺した人間を逮捕してほしいと。あなたも家族が異国で誰かに殺されたと、想像してみてください」

春香はこれまでと口調を変え、ことさらゆっくりと告げた。

ティナは藤堂を見た。藤堂が彼女に頷《うなず》きかけると、ティナは躊躇《ためら》いつつも、バッグから携帯電話を取り出した。

「ちょっと待って」春香は止めた。「先に弟さんの連絡先を教えてください。こはる、書き留めて」

ティナが番号を読み上げ、藤堂が手帳に書き留めていく。ＳＮＳのアカウントやメールアドレスも教えてもらった。

春香は児島に電話を入れ、該当する携帯番号所有者を追う捜査員に、新たな動きに備えるよう手配した。

十五分後、児島から準備が整ったとの連絡があり、ティナに電話をかけてもらった。リンダの弟は出なかった。ＳＮＳでメッセージも送ったが、そちらもなかなか既読にならない。仕事中なのか。

「リンダさんの弟はいまどこに？」

「ヨコハマ。しりあいがいるって。シゴトはシブヤなので、イドウ、イッポンのデンシャといってました」

「大久保で一緒にいた六人はバラバラになったんですね」

「ハイ。みんな、ダレかをたよって。Ｑにいうと、またおカネかかります。ツギのシゴトのテハイがあるまで、やりすごします」

「銀行口座はどうなってるのでしょうか」

技能実習生として来日した際に正規の口座を作っただろうが、逃げ出したのならあまりそれを使いたくないだろう。調べられれば、居場所が割れてしまいかねない。

「ワタシはテドリで、チカバンクにあずけます。チョクセツ、チカバンクにふりこまれるケースもあります」

日本人には馴染《なじ》みがないが、国内には各国の地下銀行が相当数存在している。日本人の個人口座を利用している場合が大半で、追い切れないのが実情だ。個人の口座は裏世界で売買されている。売り手は大抵、借金で首が回らなくなった人間だ。ブローカーが連中に口座を作らせている。

「リンダさんはかなりお金を持っていましたか」

「いえ。シャッキンかえす、しおくり、マイニチのセイカツでタイヘンです」

春香は納得した。一応の質問だった。同居人が金目当てにリンダを殺害した線がさらに薄くなる。

「あの、ワタシはキョウセイソウカンされますか」

「上と相談します」

公務員、しかも警官としては法律に則《のっと》った行動をとらねばならない。しかし志々目春香個人としては、ティナたちが犯罪に関わっていない限りは見逃したい。ベトナムに送還されるより、日本で働く方が借金返済の目途《めど》をたてやすいだろう。今のところ、彼女たちが犯罪に関わっている気配もない。

「借金はいくらくらいあるのですか」

「あとごじゅうマンエンくらいです」

彼女たちにとっては結構な額だろう。リンダは借金トラブルで殺された？

「皆さん、それくらいの借金があるのですか」

「ワタシはかなりかえしたほうです」

「誰にお金を返すのですか」

「クニのキカンです。ワタシたちをニホンにおくったキカンです」

「国の機関に借金をしないと、日本に送り出してくれないんですか」

「ハイ。キカンがニホンゴやブンカをおしえてくれるんです」

初耳の仕組みだった。藤堂に視線をやると、首を小さく振られた。藤堂も初耳らしい。

「リンダさんのフルネームはわかりますか」

国の制度を利用して来日したのなら、本名を割れれば、来日して最初に働いた会社まで辿れる。

「きいたことないです。ニックネームでよびあってたです」

「リンダさんがトラブルに巻き込まれたことは？」

「ワタシはしりません」

「リンダさんに恋人は？」

「イナイとおもいます。コイビトがいるひと、ふんいき、チガイます。シゴトいがいでダレかとあってもなかったです。やすみのひ、ワタシやリンダのおとうとと、ちかくをあるきにでる、だけでした」

ティナの携帯電話が鳴った。

「きました。リンダのおとうとです」

「説得をお願いします」

春香は軽く頭を下げた。携帯を耳にあて、ティナが穏やかな口調で電話に向けて語り出した。

ティナは相手に見えないのに手振りを交え、言葉をかけている。時折首を振り、また手を振り、電話の相手に丁寧に語りかけている。リンダの弟は警察との接触をかなり渋っているのだろう。

春香は通話に集中するティナの肩を叩き、代わって、と身振りで伝えた。ティナが通話先に何かを伝えた後、携帯電話を渡された。

「切らないで聞いてください。あたしが話し終えた後、ティナさんにもう一度代わります。あたしは警官の志々目と言います。リンダさんを殺した犯人を捜しています。そのためにはあなたが何を見たのかが大事なんです」

春香は間をとった。リンダの弟は何も言わない。通話は切れていない。

「あなたが犯人を逮捕したくないのなら、それでもいい。リンダさんを殺されて少しでも悔しい気持ちがあるのなら、話を聞かせてください。あなたの力が必要なんです。どんなに小さなことでも大事なんです。どうかあたしたちに力を貸してください。リンダさんのために」

リンダの弟はなおも何も言わない。

「このままではあなたがリンダさんを殺したと疑われます」春香は声に力を込めた。「このままでいいんですか。犯人が逮捕されなくていいんですか。悔しくないんですか、哀しくないんですか、ベトナムのご家族になんと言うんですか」

電話の向こうの雰囲気がかすかに変わった。硬さにひびが入り、息遣いが漏れ聞こえてくる。春香はここでもう一押しするのではなく、黙した。向こうからの歩み寄りを待つべきだ。

「……何を話せばイイですか」

低い声だった。よし――。反応があった。

「まずリンダさんとあなたの本名を教えてください。本当の名前を」

「キエウ・ティ・リエン。俺はキエウ・ヴァン・ハンです」

「どうしてリンダと呼ぶのでしょう」

「ベトナムは違う名前で呼ぶの、多いです」

「あなたにもニックネームがあるのですね」

「ハンソロです。『スター・ウォーズ』が好きなので」

「リンダさんは最初、どこに来日したのでしょうか」

「シコクのマツヤマ。魚の工場です」

松山――愛媛で魚の工場とは、加工場のことか。

「どうして彼女は工場を抜け出したのですか」

「もっと稼ぎたかったからです。ジッシュウセイの給料、安い。ベトナムにお金送ると、すぐ無くなります」

「ハンさん、どこかで会って話せませんか」

「わかりました」

腹をくったような声だった。

強制送還されようとも、姉の無念を晴らそうとしてくれたのだから、こちらも応えないといけない。

「リンダことキエウ・ティ・リエン、三十一歳はベトナム中部の農村出身で、六人兄弟の長女です。ベトナムでは親が子を本名ではなく、愛称で呼ぶケースが多く、リンダもそうだったと。次第に周りもリンダと呼ぶようになったらしいです。映画の主人公の名前だとか」

春香は報告を聞いていた。捜査会議は新宿署で十一時に始まった。今晩も一課長の荒木と管理官の中辻が正面に座っている。今日から新宿署長の姿はない。朝、報告書が署長室に届けられる。むろん、大きな動きがあった時も。

児島が仕切り、ハンの聴取を担当した組が成果を述べる番だった。春香は捜査員の背中に視線を送る。

森下暢朗《もりしたのぶあき》。児島係の一員で、春香の三つ年上だ。捜査一課に上がったのも春香より三年早い。ハンと会う約束を取り付けた後、児島に連絡をとると、元々ハンの行方を追っていた森下組が聴取することになった。森下は即座にハンと接触し、先ほどまで参考人聴取したという。

できれば、春香は自分自身でハンの話を聞きたかったが、別の仕事が課されてしまった。ティナに話を聞き続け、他の元同居人にも連絡をとってもらうというものだ。他の同居人たちはこちらの質問に応じるものの、ハンとは違い、会うことはできないという返事ばかりで、居場所すら教えてもらえなかった。

「便宜上、リンダの通称で報告を続けます」森下がメモに目をやる。「リンダはベトナムで放送されていたテレビアニメを見て日本に憧れ、家庭も貧しいため、お金を稼ごうと来日を決めたそうです。リンダは三年前に来日し、愛媛県松山市の魚介加工場での任期中、脱走。神戸、大阪、愛知、横浜とベトナム料理店を渡り歩き、昨年から錦糸町《きんしちょう》のパブで働いていました。リンダが働いた工場名や店名については、ハンが憶えている限りの名前などを内勤班がまとめました。お手元の紙です」

紙をめくる音が帳場に重なる。松山市の工場名も記されている。

「松山の加工場は行方不明の届を県警に出してたのか」と中辻が問う。

「出されてます」

森下は極めて事務的な口調で応じた。無意味な質問だからだ。日本では年間約八万人が行方不明になっている。届を出したからといって、対象者が子どもでもない限り、県警が捜すはずもない。届を出す上で、リンダの基本情報は記されているが、それが殺害犯に結びつくとでも思っているのだろうか。こういう無意味な質問は報告者のリズムを壊す。はっきり言えば迷惑なのだ。

中辻が咳払いした。自身の質問の無意味さを悟ったのだろう。

「リンダと他の同居人との関係性は？」と中辻が今日もポマードで固めた髪を触った。

「喧嘩一つなく、良好だったようです。弟のハンも外国人技能実習生として二年前に来日。広島市の自動車整備工場への任期中、逃亡。愛知、静岡、横浜と流れています。今春、同じく技能実習生として一年先に来日したリンダと池袋で合流しています。大久保の部屋には一ヵ月前に一緒に来たそうです」

「他の四人については――」と児島が話を引き取った。「いずれも外国人技能実習生としてベトナムから来日し、任期途中に各職場を逃亡しています。リンダとハンを含め、全員が不法滞在者です。Qという者の手配で、それぞれが大久保の部屋に落ち着いたという流れです」

春香や他の捜査員からの情報を総合しての回答だろう。リンダたちは警察とは極力関わりたくなかったに違いない。予断は禁物だけれど、自ら進んで事件を起こそうとは思わないはずだ。

「Qの姿や素性を知る者は？」

「いません」と児島がまた答えた。「SNS上でのやり取りのみです」

ティナ経由で電話をした同居人はそう口を揃えている。口裏を合わせるような内容ではない。実際、そうなのだと目せる。

「Qとボドイは関係ありそうなのか」

荒木が言い、中辻と児島が顔を見合わせた。春香も藤堂を見て、首を傾げ合った。周りを見ても、誰も知らない単語のようだ。ボドイ。生まれて初めて聞く言葉だった。何語かもわからない。

「ボドイ……とは何でしょうか」と中辻が尋ねる。

「そうだよな、知らないのも無理ない。私も先日の警察庁の刑事部長会議で初めて耳にしたんだ。技能実習先や職場、留学先を去り、不法滞在しているベトナム人グループの総称で、あっちの言葉で兵士という意味らしい。北関東や東海、九州などを中心に全国各地にいて、事件を起こすケースも多い。連中はフェイスブックを通じて連絡をとりあっている。警視庁管内にもいるだろうな」

ボドイとQとでは連絡手段が異なるのか。一応、ティナにも確認しよう。

「Qはボドイの一味なのか別組織なのか、その辺も手探りで調べていこう」荒木の眼差しが鋭くなる。「部屋を借りてるのは日本人だったろ。あたれたのか」

「依然として行方不明です。見つけるのは困難かと」

「了解。続きを」

荒木に促《うなが》され、森下が手元のメモを一瞥《いちべつ》した。

「一昨日の夜、ハンは八時過ぎに帰宅。電気はついており、鍵は開いたままで、リンダが布団の上で倒れていたそうです。リンダは仰向けに倒れ、首に擦過傷があったと言っています。誰かに殺されたのだと考えたものの、不法滞在者という自身の立場上、通報できず、他の同居人が帰宅した際、どうするのかを相談。各自逃げることにしたと。ハンは一晩、他の女性一人とともにリンダに寄り添っています」

ティナの証言と一致する。

「鍵が開いていた？　物取りの線もあるな」と中辻が声の調子を上げた。

「ゼロではありませんが、金目のもの、もしくは換金できるものは特になかったと、ハンは話しています」

ティナもそう言っていた。顔見知り以外で鍵を開けて対応するのは、宅配業者や公共事業業者が来た時か。業者を装ってドアを開けさせたのだろうか。

「リンダは一昨日、何をしていたんだ？」と中辻がまたポマードの髪に手をやった。

「日中は食材の買い出し、同居人の夕飯を作っておく予定だったそうです。誰かと会う予定はなかったはずだと言っています」

「恋人や友人の気配は？」とさらに中辻が髪をいじりながら質す。

「ハンは知らないそうです」

「勤務先でのトラブルは？　同僚や客との」と中辻が髪から手を放した。

別の捜査員が立ち上がった。

「ありません。実直で真面目に勤務していたそうです」

「どういう経緯でリンダは錦糸町のパブに？」

「Qの紹介です」

「またQか」中辻が舌打ちし、ネクタイの結び目に手をやる。ネクタイがポマードで汚れてしまいそうだ。「Qの連絡先やヤサは？」

「メッセージを送っていますが、依然、無視されています。ヤサは割れていません」

「どうせ飛ばしの携帯やら闇取引された口座だろ。捨てられれば、そこまでだ」

荒木が忌々しげに首根を揉む。

飛ばしの携帯や闇取引された口座の使用は昨今、振り込め詐欺や強盗団の常套手段となっている。ＳＮＳやインターネットの発達で、犯罪はより簡単に、誰もが複雑な手順を踏めるようになった。人も道具も使い捨ての時代だ。

児島が目元を引き締めた。

「Qが何者にせよ、実習先を逃亡した外国人技能実習生が頼る裏ネットワークと結びつくのは確かでしょう。現段階ではリンダ殺害との関係は不明ですが、割り出すべきです。事件と関わる者と結びつく線もありえます」

「そうだな」荒木が頷く。「リンダは来日前に誰かに恨みを買っていて、どこかでばったり会い、後をつけられ、大久保のマンションで殺害された線もないわけじゃないぞ。通報者はどうなった」

「午前八時十分東京駅発の『のぞみ』新大阪行下り新幹線に乗車したところまでは追えました。どの駅で降りたのかは、まだ洗えてません。品川、新横浜でないことは確認できました。あとは名古屋、京都、新大阪での降車客のチェックになります」

「ハンも心当たりがないと言っています」と森下が報告した。

「そうか」荒木が帳場を見回す。「みんな、引き続き頼む。リンダの交友関係をもう少し広げて洗おう。錦糸町のパブでの交友関係だけでなく、神戸、大阪、愛知、横浜のベトナム料理店にも当たるんだ」

「そのつもりでした。それぞれ担当は――」

児島が捜査員を名指ししていき、春香と目を合わせた。

「志々目と藤堂は松山に飛んでくれ。リンダの勤務状況、交友関係を洗うんだ。愛媛の監理団体にも話を聞いてこい。Qの噂が耳に入ってるかもしれん。ベトナム人界隈に広がっているんだからな。都内の監理団体にも当たってみる」

「監理団体とは何でしょう」

春香が尋ねても、嘲《あざけ》りの視線は感じない。他の捜査員も知識がないらしい。

「日本国内で技能実習生を受け入れ、各企業に斡旋《あっせん》する団体だよ」と児島が答える。「あとで技能実習制度の仕組みを簡単にまとめたプリントを配布する。各自、今晩中に目を通しておけ」

Qに関しても、リンダの交友関係から容疑者を導くにしても、直近の錦糸町のパブから遡《さかのぼ》っていった方が辿りつきやすいはずだ。ベトナムに火種があった線も皆無ではないとはいえ、愛媛担当はあまりいい役回りとは言えない。

「もう一点、よろしいでしょうか。あたしは外国人技能実習制度について何も知りません」

「俺も志々目さん同様です」と藤堂がすかさず呼応する。「ある程度知識を持った人間が愛媛に行くべきではないでしょうか。制度に関わる点で嘘を吐かれても、我々には虚偽だと見抜けません。リンダ殺害の動機に繋がるようなことであってもです」

「制度をよく知らないのは全員一緒だ」児島が口元を緩めた。「だからこそ内勤班に資料をまとめてもらったんだよ。しっかり一夜漬けしてくれ。ここにいるような連中は学生時代、得意だったんじゃないのか」

帳場に自嘲めいた小さな笑い声が広がった。

「森下は引き続き、ハンからよく話を聞け」と児島が命じた。

ほどなく捜査会議はお開きになった。書類を整え、鞄に入れていると、森下が歩み寄ってきた。

「志々目、勘違いすんなよ。お前らがリンダの弟への端緒を摑めたのは、運が良かっただけだ。他のメンツがお前らの担当だった同居人を扱っても、結果は一緒だった」

「ちょっと」と藤堂が割って入る。「そんな言い草はないでしょう。ただ転がり込んできたんじゃありません」

森下は鼻先で嗤う。

「こはる、志々目と一緒にいて頭の中が腐ってきたか。こんなもんは手柄でも何でもないって言っただけだ」

「ですから――」

春香は藤堂の腕を引っ張った。

「森下さんの言う通り、リンダの弟に辿り着ける端緒なんて、誰でもとれた。誰が容疑者に手錠をかけるかが勝負だよ」

「そりゃ、オレだ。お前らはオレのサポート役で充分さ」

森下が冷ややかに言い、靴音を立てて去っていった。春香は藤堂と顔を見合わせた。

「言わせておけばいいよ」

「志々目さんの機転でティナが同居人だと早々に炙り出せ、そこからハンにも繫がったのに、運の一言で片付けられるのが納得できないんです。森下さんはハンの居場所すら割ってなかったんですよ」

「放っておきな。最終的にまくられないようにしないと」

警官、殊に警視庁捜査一課の刑事ともなれば激務だ。朝も夜もなく、ほぼ二十四時間態勢で勤務する。給料が高いわけでもなく、ミスをすれば世間から袋叩きにされる。神経だって日々すり減る。そんな境遇で刑事を続けられるのは、自分で手錠をかけたいとの一心に尽きる。少しは社会に貢献できた、と実感できる瞬間のために生きていると言ってもいい。森下の心情は理解できる。感情を表に出すかどうかは別として。

春香は帳場を出て、戒名——事件名が筆で記された長い紙を眺めた。どの所轄にも書の達者な人材が必ずいる。


新宿区百人町におけるベトナム人女性（元外国人技能実習生）殺害事件

「毎度毎度、素っ気ない戒名ですよね。誰もこんな名前で呼ばないのに」

「情緒豊かな戒名もやばくない？」

「確かに」と藤堂は納得顔だ。

「今回なら、リンダ事件って呼ばれるのは時間の問題だね」

春香はもう一度戒名をじっくり眺めた後、髪を耳にかけた。

二章　松山

1

春香たちは松山空港でレンタカーを借り、藤堂の運転で市街地に向かった。すぐに山が見え、トンネルに入り、抜けると住宅地になった。空は高くて青く、道後温泉までのキロ数を表示した道路看板が目につく。

少し窓を開け、冷たい空気を浴びる。午前十時過ぎの空気は、東京と比べて格段に柔らかく、のんびりしている。

藤堂がレンタカーを借りている間、春香はティナに電話を入れ、Qがボドイかどうかを尋ねていた。

――たぶん、チガイます。

――どこでそう思ったのですか。

――ボドイはフェイスブック、つかいます。Qはつかいません。

春香と同じ見立ての返事だった。

松山空港線から松山環状線に入り、北に進んでいく。春香は窓を閉めた。郊外らしい大きなショッピングセンターや駐車場の広いコンビニが並んでいる。歩いている人がいない。東京だと、どんなに車の交通量が多い通りにも大抵歩行者がいる。

「県警に仁義を切らなくていいですか」

「別にいいっしょ。協力を仰ぐこともないしさ。愛媛の学校では水道の蛇口を捻るとみかんジュースが出てくるって本当だと思う？」

「絶対に都市伝説です」

「だよね。配水管がすぐ傷んじゃいそうだもんねえ」

「給食で出てくる回数は多いんじゃないですか」

「なるほど。関係者からの聞き取りをきっちり終えたら、道後温泉に入ろっか」

「いいんですか。森下さんに先を越されかねませんよ」

「焦ったってろくなことないよ。松山といえば、道後温泉。これくらいの自由行動は許されてしかるべし。一時間早く東京に戻ったって、あたしたちが今日あっちでする仕事なんてないんだからさ」

藤堂は大きく肩を上下させた。

「ですね。せめて『坊っちゃん』とか正岡子規《まさおかしき》の気分に浸らせてもらいましょう」

「お風呂と言えば、中辻さんは毎日髪を洗うのが大変だろうね、あんなてかてかにポマードをつけてさ。誰か言ってあげなよ、『カブトムシとかクワガタがお好きなんですか、樹液をお持ちしましょうか』って。髪の光り方がまるでそれじゃん」

「本人は気に入ってるんでしょうから、そっとしておきましょう。事件現場とかで偶然テレビカメラに映る自分の見映えを気にしてるんでしょう。マスコミ大好きですからね」

「さすがスポークスマン。そんだけマスコミが好きなら、そっちに就職すればよかったのにね。カブトムシ頭も大歓迎されるんじゃない？　マスコミって変な人多いじゃん」

「カブトムシうんぬんも、ルッキズム原理主義者のアンテナに引っかかる発言ですので、気をつけてください。マスコミへの偏見にも釘を刺しておきます」

「親切な忠告もできず、本音も言えないなんて世も末だね」

「触らぬ神に祟りなし、って世の中になったんですよ。ＳＮＳとかネットで誰かを叩く奴は神様気取りでしょ」

　藤堂がハンドルを指先で二度叩いた。

「一夜漬けの方は完璧ですか」

「一応」春香は欠伸《あくび》をかみ殺した。「煙《けむ》に巻かれたらむかつくし」

「やっぱ得意だったんですね」

「得意っていうか、他に試験を乗り切る方法なんてある？」

「毎日予習復習する人もいます。俺はバリバリの一夜漬け派でしたけど」

「だよね。こつこつ派なら、現場じゃなく、キャリアになってるもん」

「いやいや、そもそも警察とは別の道に進むかと。ロケット開発者とかＩＴ社長とかに」

「納得。あたしたちは一夜漬けの成果を発表しあおっか。こはるからどうぞ」

では、と藤堂が会話を継ぐ。

「まずは技能実習制度の沿革から。一九六〇年代後半、海外進出した邦人企業が現地社員を日本に招きました。彼らは技術や知識を習得し、帰国後に母国でそれらを生かした。で、八一年に研修と技能実習に対する在留資格が創設され、九〇年から監理団体による受け入れが始まりました。この時は実習生ではなく、研修生と呼ばれています。一九九三年には制度が改正され、研修生としてではなく、労働者の身分として受け入れられる技能実習制度となりました。以後、日本企業は積極的に外国人実習生を来日させています」

藤堂がフロントガラスを見据えたまま続ける。

「受け入れは、表向きは国際貢献と国際協力の一環としての開発途上国の『人づくり』が目的です。実際は人手不足を外国人労働力で補うこと。二〇一〇年に出入国管理法が改正され、実務を行う期間は研修ではなく、すべて労働として扱われるようになりました。なお、受け入れ方式は企業単独型と団体監理型の二つになります。企業単独型は、日本企業が海外の現地法人などの職員を受け入れる制度。一方、監理団体が実習生を受け入れ、関係する企業などで技能実習をする方式が団体監理型です。昨晩、志々目さんが質問したやつですね。受け入れの約九十九パーセントが団体監理型です」

車の交通量は多くも少なくもない。住宅街に大きな畑が目立ち始め、右手には小高い山が見える。

「続きをお願い」

「現在、実習生の大半はベトナム人です。その大きな要因はベトナムが国策として労働力を輸出しているためです。ここ数年、年間約十から二十万人が技能実習生として来日しています。この国策はベトナムで数百億円規模のビジネスになっているそうです。技能実習生を日本に派遣する『送り出し機関』はベトナム政府公認だけで約四百社。非公認はもっとあるとか」

藤堂が息継ぎをする。

「ベトナムの法律では、一人あたり日本滞在三年間で約四十万円の事務手数料を技能実習生から徴収できます。実際は規定以上の額、たいてい八十万円から百万円を日本語学習の費用や手数料として受け取るみたいです。規定以上の額を受け取った機関が罰せられたケースはないとのこと」

「ベトナムの平均年収は日本円で四十八万円くらい。物価は日本の三分の一程度だけど、技能実習生の多くは借金して手数料などを払い、来日。賃金は毎月十数万円で、そこから家賃だなんだと引かれ、手取りは五万から十万円ってとこ——だよね。日本に来た方が若干稼ぎは多くなると」

はい、と藤堂が応じる。信号が赤になり、車が静かに止まった。

「ただし、いい労働環境とは言えませんね。長時間労働、パスポートの取り上げ、名目とは異なる仕事への従事などの問題も多発。実習生たちには職業選択の自由もありません。お金も貯まらないでしょう。ベトナムに比べれば、日本は物価が高いので」

制度上は、あらかじめ契約書で定めた業務のみにしか従事できない。純粋な労働者との区別をはかる官僚の工作だろう。名目と異なる仕事をするケースを想定しなかったはずがない。制度設計に『黙認』をあらかじめ組み込んだのだ。

「技能実習で日本にいられる期間って、最大で五年だっけ？」

「端的に言うとイエスです。ただ、細かいことを言うと技能実習生には一号から三号までランクがあって、一号から二号、二号から三号への試験に合格していけば五年になるという計算です。基本的に一年ごとの更新ですので。五年が終わった後、特定技能に移行すればさらに五年の滞在も可能です」

「特定技能制度って、技能実習制度と違うんだよね」

「はい、技能実習は国際貢献のための制度、特定技能は人材確保が困難な産業で人手不足を補うため、外国人に働いてもらう制度です。二〇一八年にできました」

春香は眉を顰めた。

「似たような名前にしなくてもいいのに。わかりにくいじゃん。こりゃ、わざとだね」

「そのこころは？」

「だって、つぎはぎ制度って感じでしょ。洋服のつぎはぎは味があるけど、こういう公的な制度のつぎはぎって、政治家と官僚のやっつけ仕事って感じがする。とりあえず目先の綻《ほころ》びを繕《つくろ》ったんだよ」

信号が青になり、車がゆっくりと動き出す。

「実習生たちは、なんで日本に来るんだろ。稼ぐなら他の国もあるのに。今は日本以外の国の方が稼げるはず」

「アメリカとか中国に比べれば、かなり治安がいいですし、親近感も持たれてるんじゃないですか。やっぱ、アニメの影響で。俺はベトナム人じゃないんで、確実なことは言えないですが」

「働いてもお金が貯まらないとなると、実習期間が終わっても借金返済ができず、帰国できない人も多そうだね」

「借金返済の目途を立てるため、実習先を逃げ出す人も多いんでしょう。様々な問題や海外の人権団体からの奴隷制度という批判を受け、廃止に向けた議論が始まってます」

「期待薄だね。名前や規定をちょっと変えた、上っ面の変更で終わるよ。かなりいい提案があったとしても絶対に誰かが骨抜きにしてさ。仮に制度を抜本的に改善できたり新制度になったりしても、日本の平均賃金が停滞して、ベトナムの賃金が上がっていけば、誰も日本に来なくなる。ベトナムはここ十年で平均年収が倍になってるんだもん。ますます成長曲線を描くでしょ。今後、政府はどうやって労働力を確保するつもりなんだろうね」

この国は少子化対策をしないまま数十年を無駄にし、今後も出生率が低下し、超高齢化社会が進行する。移民政策にも消極的だ。

「何も考えてないんじゃないですか。上の人たちは、もうじき死にますから。現在をやり過ごせれば、将来なんてどうだっていいんですよ。国が滅ぼうが、地球が滅亡しようが」

なかなか辛辣だ。現実を直視しているとも言えるか。

遠くの山沿いに段々畑が見え、春香は心が躍った。みかん畑だ。これぞ愛媛県だろう。車はバイパスに入り、左右の景色が民家から柑橘畑や木々に変わった。窓を少し開けてみるも、柑橘系のさわやかな香りはしなかった。

「オーケー。続きを」

「監理団体は許可制で、国内に約三千団体あるとか。実習生を受け入れる企業は数万社あり、今から我々はその一つを訪れるわけです」

「監理団体についてもっと詳しく。昨晩の説明はざっくりだったから」

「技能実習生の日常生活を補佐し、何かあった場合などに受け入れ企業との調整や交渉を担います。実習先を定期的に訪れ、違法な扱いをしていないかチェックもするそうです。ですが、当の監理団体の不正を管理する技能実習機構は全国に十三だけしかありません。従って不正を発見するのはほぼ不可能。違法行為を発見しても微罪で、不起訴のケースも多いですね」

春香は腕を組んだ。

「完全な制度なんてないけど、かなりお粗末だよね。監理団体って非営利団体なんだっけ」

「ええ。彼らは企業から受け取る『監理費』が主な収入源です。大抵、実習生一人当たり毎月約二万円の監理費を受け取ります。また、日本語指導など実習生の面倒をみる契約も実習先企業と結び、監理費と合わせると実習生一人あたり月五、六万円を得られる勘定になるようです」

「言い方は悪いけど、ぼろい商売っぽいよね。ちゃんとやれば大変な業務量だろうけど。すべての団体がちゃんとやってるはずない。右から左に人間を流し、手数料だけもらえばいい」

柑橘畑が終わり、再び左右に民家が見え出す。春香は再び窓を閉めた。

「今から向かう企業と監理団体はきっちり派かもしれません。先入観は排してください」

「あたぼうよ」

「久しぶりに聞きました、そんな呼応」

「あたしは初耳。自分で言っておいてなんだけど」

「一夜漬けの成果、おおむね俺しか発表しませんでしたね」

「テストしてあげたんだよ」

「本当は詰め込んでないんじゃ？」

「想像にお任せします。誰かから聞く方が頭に入りやすいのは認める。補足情報を一つ。日本にいる不法滞在者数は約七万人。リンダもその一人」

「試験前、『勉強してない』って言いながら、実はしていたタイプなんですね」

「まさか。気になったから調べただけ」

細い路地や海も目に入りだした。港町だ。海沿いを行く。きらきら輝く瀬戸内海には小島が浮かび、漁船が航行している。養殖用のブイも見える。

ある程度大きな工場が見えた。公立校にある体育館の半分程度の建屋がある。

「あそこが目的地の衣笠水産です。この辺にある魚の加工場なら、やっぱ鯛《たい》ですかね」

「瀬戸内海に面してれば、扱うのが一種類ってことはないでしょ。社長、いるといいね」

アポイントはあえてとっていない。不意を突く方がいい。心の準備を一切させないためだ。

工場の隣に事務所らしきプレハブ小屋がある。車を降りると、海と魚のニオイがした。冷たい潮風が耳元を抜けていく。

藤堂が呼び鈴を押した。はい、と女性の声がインターホン越しにする。

「警視庁捜査一課の藤堂と申します。衣笠満夫《きぬがさみつお》社長はいらっしゃいますか」

「警視庁？　東京の？　県警ではなくて？」

「はい。東京の警視庁です」と藤堂が淡々と告げる。

「どういったご用件でしょうか」

「衣笠社長に直接お伝えします」

少々お待ちください、とインターホンが切れた。

「県警が来る心当たりならあるのかな」と春香は小声を発した。

「どうなんですかね」と藤堂も小声で応じる。

ドアが開き、四十代中頃の女性が出てきた。

「社長は工場で作業中ですので、呼んできます。中でお待ちください。どうぞ」

部屋の奥の応接セットに通された。フェイクレザーのソファーは擦れ、所々補修がしてある。

女性がいそいそと事務所を出ていき、春香と藤堂の二人だけになった。事務所は十畳程度の広さで、長テーブルが二台、椅子が四脚、電話二台、パソコン一台という必要最小限のしつらえだ。

「大儲けしてる感じじゃないね」

「日本全国、どの中小企業も台所事情は苦しいんですよ」

「訳知り顔で語っちゃって」

「実家が栃木で板金工場をやってるんで」

「へえ、初耳」

　藤堂と家族の話をしたことはない。自分が結婚して築いた家庭の話ならともかく、実家の家族構成や思い出話なんて職場ではしない。

「ご実家では技能実習生を受け入れてるの？」

「いえ。昔からの職人さんがずっと働いてます。小さい頃、よく遊んでもらいました。みんな、もういい歳です。あと数年で工場を閉じるでしょうね。継がなかった俺が言うのも変ですが」

　日本全国の中小企業も似た状況なのだろう。

「継ぐ気、なかったんだ」

「両親に『絶対継ぐな』って口酸っぱく言われたんですよ。食いっぱぐれのない、堅い仕事に就けってね。子どもの頃が裕福だったわけじゃないですけど、今はもっと苦しそうですよ」

「堅さだけなら、警官って仕事は頂点だもんね。安定の公務員だし、犯罪がなくなることもない」

「アメリカと違って、殉職率も低いですしね」

　ドアが開いた。訝《いぶか》しそうな表情をした、ゴムの前掛けをした中年男性が入ってくる。固太りで、顔の皮膚は厚くて浅黒く、髪は短くて、目鼻立ちは濃い。男性は手を白いタオルで拭いている。

タオルには赤い血が付着している。魚の血か。

「社長の衣笠です。東京からいらしたとか」

春香と藤堂は立ち上がった。

「警視庁の志々目です。同行者は藤堂。こちらで働いていた方について話を伺いに参りました」

「はあ。どうぞ、お座りください」

名刺交換し、春香と藤堂はほぼ同時に腰を下ろした。

「お忙しいのに恐れ入ります」と春香が切り出す。「早速。こちらでは技能実習生を受け入れていますか」

「ええ、十年くらい前から。働き手が足りとらんのですよ。若い子は東京や大阪に行ってしまいますんで。気持ちは理解できますよ。私も若い頃は東京で働いた口なんで」

「その後、工場を？」

「祖父の代から続いてましてね。父が体調を崩したんです。私自身、東京に嫌けがさしてもいたんで、家業を継ぐことにしました」

「現在は何名くらいの技能実習生がいらっしゃいますか」

「男女問わず、常時十人は。正直、かなり助かっとります。彼らがおらんと仕事が回りません。全従業員の半分が技能実習生になっとります」

「三年ほど前、キエウ・ティ・リエンという女性を受け入れましたか」

衣笠が頷く。

「彼女はリンダと呼ばれてました」

「愛称をご存じなのですね」

「実習生たちはニックネームで呼びあっとるので、日本人従業員も自然とその名で実習生たちとやりとりしとります」

「どんな女性でしたか」

「そうですね……。明るく、朗《ほが》らかやったですよ。実習生の中心的存在でしたね。仕事にも文句一つ言いませんでした。頼りにしとりました」

「帰国されたのはいつでしょう」

別人という可能性もゼロではない。

「さあ。任期中に消えてしもうたんで。一昨年の秋でした」

「逃げてしまったと？」

「端的に言えば」

「原因は？　仕事には文句一つなかったんですよね」

「本人に聞いてみんと何とも申し上げられません」

ドアが開き、最初に対応した女性がお茶を持ってきた。三人の前に置く間、みな口を閉じた。ぎこちない間だ。春香はもう慣れっこだが、衣笠は居心地悪そうだ。彼女が出ていき、春香は質問を再開した。

「何かトラブルがあったのでしょうか」

「私が知る範囲ではなかったです」

「待遇に不満があったとか？」

「ですから、何とも言えません。私の工場ではできる限り、彼女たちに給与を支払っとります。寮費とか医療費とかでごっそり天引きするとこも多いみたいですけどね」

衣笠が首をすくめ、春香が質問を継ぐ。

「ちなみにおいくらですか」

「手取りで八万円くらいです」

さらにそこから借金返済と仕送りをし、食費などもかかる。実習期間内では、ベトナムで背負った借金を返済できそうもない。少なくとも一年では無理だ。

「トラブルといっても、仕事面だけとは限りません。プライベートの方ではいかがでしょう」

「なおさら私にはさっぱり。四六時中、監視しとるわけやないんで。九時に始業し、五時までの勤務が終われば、後は彼女たちの自由時間で何をしようと勝手です」

「寮はどちらに？」

「ここから歩いて五分くらいの場所です」

「リンダさんも寮にいたんですね」

「ええ」衣笠の顔が強張った。「リンダが何か犯罪をしよったですか？　東京で？」

「今のところ、彼女が犯罪をした形跡はありません」

「そうですか。リンダの質問ばかりなんで」

「我々が彼女に興味を持っているのは事実です。彼女は衣笠水産を飛び出した後、どこに行ったのでしょうか」

「知りません。警官でも探偵でもないので捜せんですし。そりゃ、電話で連絡を取ろうとしたり、一緒に働いとった実習生たちに聞いたりはしましたよ。電話には出んし、実習生たちも何も知らんと言うばかりで」

実習生たちは口裏を合わせているだけかもしれない。異国の地では同胞意識が高まるはずだ。リンダにとって不都合な事実を言わなかっただけではないのか。

「リンダさんのように行方をくらませる実習生はいましたか」

「今までに十人くらいおります」

一年に一人の割合か。多いのか少ないのか判断できない。

「十人のうちでリンダさんと実習期間が被っている方もいますか」

「二、三人おるかと」

「監理団体は捜索の力になってくれないのですか」

「あの人たちも警察ではないので、捜せんですよ。仕事でもないですし」

「リンダさんは監理団体経由で、衣笠水産にいらっしゃったんですよね」

「ええ、他の実習生と一緒にです」

「どちらの監理団体でしょうか」

衣笠の返答を藤堂がメモした。団体名は内勤班が調べた結果と一致している。住所、代表者名なども内勤班があらかじめ洗ってくれた。

「リンダさんと一緒に働いていた方はまだ残っていますか」

「一人だけ」

「後でお話を聞かせていただきます」

「構いませんが……ほんまにリンダがどうかしたんですか」

「気になります？」

「もちろんです。任期途中にいなくなったとはいえ、一緒に働いた仲です。しかもかなり頼りにしとったんです」

春香は藤堂と目配せした。別に明かしても構わない。

「リンダさんは亡くなりました。おそらく事件に巻き込まれて」

衣笠が目を見開き、絶句した。松山ではニュースで流れていないのだろう。全国ニュースになるほどの事件でもない。

2

「そのため、我々が東京から参った次第です」

春香が淡々と告げると、衣笠は長い瞬きをしてゆっくり息を吐き、背もたれに寄りかかった。口は動きそうもない。

「改めて伺います。彼女が誰かに恨まれていた、誰かとトラブルになっていたなど、御社にいた時、何か気になる点はありませんでしたか」

衣笠がゆるゆると首を振る。

「見当もつきません」

「リンダさんが東京で頼るような人は？」

「元々はおらんかったはずです。もしおったんなら松山じゃなく、最初から東京の企業に行けるよう監理団体や実習先を選んだでしょう」

「リンダさんの日本語レベルは？　一人でもやっていける語学力でしたか」

「ぺらぺらとはいかんですが、生活できるくらいには喋れました」

「リンダさんら実習生を連れて、東京見物に行ったご経験は？」

東京に憧れを抱き、同郷の細いツテを頼ったのかもしれない。

「ありません。東京にはしばらく行っとりません」

突如、ドアが開いた。先ほどとは別の女性だった。いつも人が自由に出入りできる事務所なのだろう。くっきりした目鼻立ちの女性が買い物籠《かご》を手にしている。ネギや白菜などの野菜が見える。量からして、午前中にもう夕食の買い物か。魚を購入することはないのだろうな、と春香は幾分羨《うらや》ましかった。

「おかえり。こちらは警視庁の方々」と衣笠が言った。「妻の奈緒《なお》です」

奈緒が頭を下げた。

実はな、と衣笠が硬い声で続ける。

「リンダが事件に巻き込まれて、亡くなったんやと」

奈緒が顔を強張らせる。

「そう……。かわいそうに」

「奥さまにも伺わせてください。彼女が誰かとトラブルになっていたり、誰かに恨まれたりしていた記憶はありますか」

「いえ、特に何も」

「些細なことでも構わないのですが」

「わたしは寮の掃除などはしますが、彼女と一緒に仕事をしていなかったので」

「妻は事務方に徹してもらっとるんです。加工場に顔を出すのは年に数回ってとこでしょう。従業員の親睦を深めるためのバーベキュー大会には、手伝いとして参加してもらいますがね。写真を飾ってある通りです」

衣笠が視線を壁に巡らす。春香も視線の先を追った。賞状や資格の証明書と同じように、写真が何枚も額に入って飾られている。

「わたしはお邪魔でしょうから、外しますね」

奈緒が出ていった。

「新鮮そうな野菜でしたね。いつもこんな早い時間に買い物を？」と春香は会話を継ぐ意味で訊いた。

「息子を学校に送った後、市内や道の駅で買ってくるんです」

「息子さんの送り迎えを奥さまが？　毎日？」

「いやいや、定期試験期間中だけです。市内まで遠いし、電車やバスもアクセスが悪うて。いっそ学校の近くまで送った方が早いし、買い物もしやすいと。店が開くまでは喫茶店でコーヒーを飲んどるそうです」

　春香は適当な相槌を打ち、質問を再開した。

「アルファベットでQと名乗る人物をご存じですか」

「いえ。リンダの事件と関係が？」

「何とも申し上げられません」

　実際、関係性は未知数だ。

「技能実習生から、Qについて聞いたことはありませんか」

「ないですね。何者なんです？」

「伺うばかりで申し訳ないのですが、捜査内容については一切答えられないんです。リンダさんがいなくなった後、寮には何か私物は残されていましたか」

「いいえ。私物は何も。こっちに来て買い物もしとらんかったようでしたし」

　月八万円の手取りでは、生活必需品以外の買い物はなかなかできないだろう。

　それからいくつか質問を投げたものの、実りある返答はなかった。

「衣笠さんへの質問は以上になります。リンダさんと一緒に働いていた実習生に話を聞かせてください。こちらの場所で話を伺っても構いませんか？」

「どうぞ。呼んできましょう」

衣笠が事務所を出ていった。左手より右手を大きく振る癖があるようだ。

「過保護ですね」藤堂が眉を寄せる。「息子の送り迎えを車でするなんて。学生なんだから、何時間かかろうとチャリで行かせればいいのに、ひ弱な人間になりますよ」

「ご家庭ごとに考えがあるんだから、外野はとやかく言わないの。こはるが雄々しく生きたいと言っても、他人は他人でしょ」

数分後、衣笠が若い女性を連れてきた。女性は衣笠同様ゴムのエプロンをし、手を前で組んでいる。肩までの艶やかな黒髪がとても印象的だ。

「私は席を外した方がいいですか」

「はい、できれば」

衣笠が出ていき、女性が春香の正面に座った。

「日本語がいいですか？　英語がいいですか？」

「日本語で大丈夫デス」

「お名前は？」

「ジャッキーデス」

春香は衣笠に対してと同様、リンダについてジャッキーに尋ねた。特にトラブルも何もなかったという返答だった。ティナよりも語学力がある。個人差は当然だろう。

「リンダさんとはいつ、どれくらいの間一緒に働いていたのですか」

「二年前、約半年間デス。ワタシがここに来た時、リンダ、いました。仕事だけじゃなく、安いスーパーのこととか、色々、教えてもらいました」

「ここを出て行った後、リンダさんには頼る人はいたのでしょうか。休日によく会う人がいたとか、日本の誰かと電話をしていたとか」

「ワカリマセン。リンダは休みの日、一人でよく出かけたデス」

「どちらに？」

「ワカリマセン」

お金がない中、街に出てもさほど楽しめないだろう。そもそも交通費もかかる。一人で海を見に行ったり、山間部まで歩いて行ったりしたのだろうか。

「リンダさんが松山に来た理由をご存じですか」

「海の近くで仕事したかったと聞いたデス。リンダは山奥の村にいました。松山は海があって、山も近い。街に行けば、都会デス。だからワタシも松山に来ました」

「リンダさんは衣笠水産の仕事が嫌で飛び出したのでしょうか」

「仕事、嫌じゃなかったと思います」

希望の土地で働いていても借金を返せる目途がたたず、飛び出したのだろう。

「お金のことを話しましたか」

「みんなでよく話します。お金ナイねって。服もアクセサリーも何も買えないデス」

ジャッキーは寂しそうに微笑んだ。

「仕事は楽しいですか」

「はい。給料安い、でもいい会社デス。残業ないし、変な仕事もないデス。他の会社はそういうのあります」

「どなたに聞いたのですか」

「ベトナムで一緒にいたコに。今も連絡を取り合います」

衣笠水産は技能実習生にとって過ごしやすい会社らしい。

「Qという人を知っていますか」

衣笠水産の技能実習生以外とも繋がっているのなら、そのネットワークに名前が引っかかっているのではないのか。

「……はい」

春香は首の裏に力が入った。声音が変わらないよう、喉の力を抜く。

「どんな人ですか」

「会ったこと、話したこともないデス。でも、噂になってます。実習先を逃げ出しても、Qに連絡すれば仕事も家もあるって」

「Qを知ったのは日本で？　ベトナムで？」

「日本デス。ワタシより先に衣笠水産にいた人に聞きました」

「Qは日本人？　ベトナム人？」

「ワカリマセン」

「個人ですか、組織ですか」

「知りません」ジャッキーは力なく首を振った。「連絡したことないので」

「Qとボドイは関係あるんですか。ボドイ、ご存じですよね」

「はい。Qとの関係、知りません」

「リンダさんはQに連絡したのでしょうか」

「したと思います。ここを出て行ったデス」

アテもなく逃げ出すほど、リンダは愚かではないのだろう。あらかじめ仕事や落ち着き先を確保し、衣笠水産を出ていったのか。

「リンダさんはあなたに衣笠水産を出たいと言っていました？」

「いえ。多分、誰にも」

ジャッキーは目を伏せた。

その後も事件に繋がりそうな情報は特に引き出せなかった。ジャッキーを工場に戻し、外にいた衣笠に礼を述べた。

「リンダを殺した犯人に目星はついとるんでしょうか」

「先ほども申し上げた通り、捜査については何も答えられないんです。鋭意捜査中とだけ申しておきます。リンダさんがどんな職場で働いていたのか、見学できますか」

「ご案内しましょう」

春香たちは衣笠の後に続いた。作業場の入り口で、春香と藤堂もマスクをつけ、ビニール製の帽子をかぶった。

作業場は小学校の体育館の半分くらいの広さで、発泡スチロールやプラスチックケースが端に積まれ、足元は水でかなり湿っている。従業員は三十名ほどいて、それぞれゴムエプロン、長靴、マスク、帽子を目深にかぶっており、見た目では日本人従業員か技能実習生なのか判断がつかない。ステンレスの長細い作業台が四つあり、魚をさばくシマ、小骨を取るシマ、洗うシマに分かれている。従業員は四班に分かれて作業台に向かい、立ったまま魚をさばいたり、小骨をとったり、血を洗い流したり、網の上に処理済みの魚を並べたりしている。手際がいい者もいれば、たどたどしい者もいる。たどたどしいと言っても、他と比べてそう見えるだけで、自分が交ざったら、目を覆いたくなる手つきだろうな、と春香は想像した。秋冬は手足が冷えるだろう。日本の若い人が働きに来たがらないのも頷ける。

「機械よりも手作業の方が、味がよくなるんですか」

春香は純粋に好奇心から尋ねた。機械類はどこにも見当たらない。人手が足りないのなら、機械でカバーする手もあるだろう。

「設備投資できる資金がありませんし、おっしゃる通り、手作業の方が味はいいです。一口に鰺《あじ》や鯛といっても、魚は一匹一匹個体が違います。機械でおろすと一律的な作業になりますが、人の手では個体に応じた目配り気配りができますんで。たとえ効率が悪くても誰かがすべき仕事です。リンダはどの作業をさせても優秀で、全体の仕切り役を任せられるほどでした」

「仕切り役になると特別手当みたいなものは出るのですか」

「ほんの少しですが」

責任感だけでなく、給与もモチベーションに繋がったに違いない。一万円でも千円でも多く稼ぎたかったはずだ。

衣笠に礼を言い、春香と藤堂は衣笠水産を後にした。


「次は監理団体ですね」

「場所は市街地にあるんだっけ」

「ええ。戻る恰好になります」

春香は腕時計を見た。午後零時半。到着は一時頃か。今回もアポイントを取っていないので、相手がいるかどうかは定かでない。ただ、一分一秒を争うような仕事ではないだろう。いなかったら、少し待てばいい。

「ランチは話を聞き終わったらにしよう」

「腹が減っては――じゃ？」

「何を食べるか決めてないじゃん。せっかく松山にいるんだし、時間に追われず、ちゃんといいものを食べたいでしょ。後でゆっくり考えよう」

「いいものを食べたいのは同感ですけど、話を聞いてる最中にお腹を鳴らさないでくださいよ」

「神のみぞ知る。お腹の虫は意思だけじゃどうにもなんないでしょ。今のところ、リンダ殺害の糸口はないね。せっかく愛媛まで来たのに無駄足っぽい」

「現場マンション近くの防犯カメラ映像に期待しましょう。ってか、無駄の積み重ねが捜査って言ってたのは誰でしたっけ」

「忘れた」

車はバイパスを戻り、進んでいく。松山環状線から国道一九六号に入った。市街地に入ると、車道に平行して路面電車が走り、遠目にこんもり樹木が茂る山の上に松山城がちらりと見える。松山市の味のある街並みが目に優しい。二十三区内はここ数年、駅前がどこも同じような街並みになり、面白みが消えた。趣深い地方都市は大手デベロッパー任せの再開発をしないでほしいと切に願う。

松山市役所に近い一角で大通りから小路に入り、コインパーキングに車を入れた。

春香の携帯が震え、児島からだった。

「首尾はどうだ」

「まだ何も」

「こっちは少し進展があってな。リンダの通話履歴を洗っていると、マルボウの男が浮かび上がった。殺害当日、マルボウがリンダに連絡を入れてる」

「穏やかじゃないですね」

電話番号で素性が割れるくらいなら、相手は指定暴力団の構成員だ。

「マルボウの影は松山にあったか」

「現段階ではありません」

「そうか。意外と単純な線かもな。暴力団に食い物にされ、殺された――」

「今のは聞き逃せませんよ。表面的には単純に見えても、当人にとっては一生に一度の一大事です」

　春香は声音を強めた。

「おっと、すまん、ついな。初心忘るべからず」

「そのマルボウはQと繋がりがあるんでしょうか。裏という意味では住む世界が一緒ですし」

「まだ何とも言えん。ボドイとの繋がりについてもな」

「他の組の進捗状況は？」

「芳しくない。三が日で一気に目途をつけたいとこだがな」

　捜査の行く末は最初の三日間が左右するといっても過言ではない。事件発生から最初の三日間を三が日と呼び、できる限り多くの人間から話を聞き、手当たり次第に情報を集めるのだ。

　通話を終え、今のやりとりを藤堂にも伝えた。

「決めつけは禁物ですけど、マルボウと母国で知り合ったとは思えませんよね。来日後、どこかで暴力団との接触があったんでしょう。会ったのはパブですかね。暴対法で暴力団が表向きは経営にタッチできなくなっても、連中は裏でしのぎを継続してますから」

「マルボウがホシなら、携帯を持ち去るよね。情報の宝庫じゃん。情報はお金に化ける。暴力団員なら百も承知でしょうに」

「持ち歩いた時の経路を辿られないよう、あえて持ち去らなかった線もあります。電源を切っても、電池を抜いても微弱電波はしばらく出ますからね。後はすぐ逃げ出さなきゃいけない状況だったのか。実際、リンダがいた部屋ならいつ誰が戻ってきてもおかしくないです」

「なるほどね。あたしたちはとりあえず監理団体に行こう」


監理団体が入るのは、居酒屋などが並ぶ小路の雑居ビルだった。他に弁護士や税理士の事務所が入っている。

幸い、監理団体の代表はいた。高橋裕樹《たかはしゆうき》、四十二歳。高そうなスーツはぱりっとし、ネクタイは派手で、靴は綺麗に磨かれている。名刺を受け取る際、春香は代表の手首を一瞥した。誰もが知る高級ブランドの時計を巻いている。よほどでない限り、全身を一流品で統一すると、鼻持ちならない三流の人物に見えるのは不思議だ。

応接スペースに通された。電話やパソコンがある作業場とは木目調の薄いパーテーション一枚で隔てられただけだった。向こう側には、輪をかけて若い女性スタッフが二人いる。どちらも三十代前半から二十代後半といったくらいだ。

「こちらの監理団体が受け入れた、女性について教えてください。名前はキエウ・ティ・リエン、愛称はリンダで――」

春香が告げると、高橋は女性に声をかけた。音からして、スチール製の棚からファイルを取り出しているのだろう。

「その女性が東京で何かやらかしたんで？」

「殺人事件に巻き込まれました。足取りを辿っているんです」

「そりゃ、かわいそうに」

高橋は感情を窺わせない声音だ。女性が一冊のファイルを持ってきた。ありがとう、と高橋が受け取る。

「衣笠さんところの実習生やな」高橋がファイルから顔を上げる。「思い出しましたよ、任期中に姿を消した女性です」

「監理団体は実習生のフォローもされると伺っています。何が理由で彼女は実習先から姿を消したのでしょうか」

「正直言うて、見当もつかんですな。私どもは毎年百人前後を各実習先に送り出しとります。全員を隅から隅までフォローするんは不可能なんでね」

毎年六百万円前後の収入になる。他にも収入があるのだろう。そうでないと、こんなに羽振りのいい身なりにならないはずだ。あるいは実家が土地持ちで、家賃やテナント収入でもあるのだろうか。

「相談もありませんでしたか」

「彼女たちは何か困ったことがあっても、我々に連絡してくるケースは極めて稀ですんでね。数ヵ月に一度、実習先に行って、様子を尋ねますけど、その程度で腹の内を明かしてくれるはずもないですけん。実習生が姿を消すのは珍しい話でもないです。受け入れ企業の半数は経験しとられるんじゃないですか。待遇や仕事に問題がのうてもです」

だったら一週間に一度は訪問して、実習生と人間関係を深めればいい。不満や逃亡の気配を感じるだろう。そんな発想はないらしい。

「不法滞在のリスクを負ってでも、よりお金になる道を選ぶと？」

高橋が大きく頷く。

「そういう判断なんでしょう」

「誰かが誘いをかけるのですか？　実習生が自ら仕事を探すのでしょうか」

「どちらもありえますがね。こんだけＳＮＳやネットが発達しとる時代ですけん。実習生もスマホは持っとりますから」

「確かめてないんですね」

「行方不明の実習生にどうやって確かめろと？」

高橋は外国人のように大袈裟に肩をすくめた。

「いままで行方をくらませた実習生が事件に巻き込まれたことはありましたか」

「さて。行方をくらませた実習生が事件に巻き込まれたんなら、自業自得でしょう。自ら制度の枠からはみ出したんです」

「監理団体や実習先の企業には関係ないと？」

「はっきり申し上げれば。警察に捜索願を出す程度はしますがね。警察だって捜しちゃくれんですよ」

「監理団体からみて衣笠水産は健全な企業なのでしょうか。これまで何人も逃げ出しているようですが」

「まったく問題のない企業です。仕事や職場環境が嫌で消えた実習生はおらんのじゃないですか。消えたんは待遇に不満があったからでしょうが、制度の基準に則ったもんです。衣笠水産でのうて、制度自体に問題があると言えるんでしょう」

高橋は訳知り顔だった。

「アルファベットでQと名乗る人物をご存じですか」

「いえ。ひょっとして、ベトナム人に陰で仕事を斡旋する輩《やから》の一つですか？」

「なぜそう思われたのでしょう」

なあに、と高橋は眉を上下させる。

「話の流れからです。そういう人物、組織の噂を耳にしたこともあります。ボドイだけでのうて、単独でやる人間もおるし、日本人――あまり素性のよくない連中が糸を引いとるケースもあるとか」

「具体的にQについてご存じですか」

「いえ、何も。噂によると、監理団体にも暴力団や半グレが絡んどるケースがあるそうですね。うちは違いますよ。健全な一般市民です」

「半グレや暴力団はどうやって実習生に近づくのでしょう。松山市内の暴力団や半グレなのでしょうか。あるいは東京や大阪の？　ボドイ？　いずれにしても情報をどこから引っ張るんです？」

リンダの通話履歴にあったマルボウとの接点に結びつくかもしれない。

「ベトナム人ネットワークに食い込んどるのか、別の方法やないんですか。リンダよりも前に衣笠さんの会社を逃げ出した実習生が手引きした可能性もありますよ」

「同じ時期に働いていた方とか？」

「ええ。衣笠さんの悪口で盛り上がったんかもしれません。衣笠さんは女性に優しいんです。衣笠さんのところから姿を消した実習生のうち、三人の女性がいい関係だったとか」

高橋は急に声を潜めた。

「リンダさんも？」

「そんな噂は耳にしとります。衣笠さんのところの別の実習生たちから」

仕事の相談をしないのに、色恋の噂話をする？　……ありうるか。ある意味、当たり障りない話題だ。身の回りの噂話は絶好の暇つぶしにもなる。

「衣笠さんも、息子さんが石手川学園に入ったのを機に、心を入れ替えたいう話です。あの学校は県内屈指のエリート私立校やし、醜聞を嫌うでしょうから。なのに、また繰り返してしまったんやろね。女性の方も異国の地で優しくされて、つい心も体も許してしまうんでしょう」

衣笠のどこが魅力的なのだろう。春香は一ミリも男としての魅力を感じなかった。目の前にいる高橋よりはマシだけど。

「職場には奥さまもちょくちょく顔を出されますよね。リンダさんたちは寮住まいですし、どこかのホテルで密会されていたんでしょうか」

「衣笠さんは市内にマンションをお持ちだったんですわ。お父さまが工場を衣笠さんに引き継いだ後、購入されたんやそうです。お父さまがお亡くなりになった後も、しばらく売る気配はありませんでね。家族で住むには手狭でも、密会場所にはちょうどよかったんでしょう。一年半くらい前に売却したみたいです」

「衣笠さんはリンダさんにアクセサリーとかプレゼントもしていたんですか」

売れば、逃亡の軍資金になる。業者に売ったのかもしれない。その売り先が暴力団と繫がっている線もある。健全なリサイクル業者が大半だけれど、中には暴力団の息がかかっているところも存在する。暴対法で弱ったとはいえ、暴力団はアメーバの触手のごとく、至る所にシノギの手を伸ばしている。

「さあ。どうやろね。相手はお金のない実習生ですけんね。他の実習生がいる手前、アクセサリーみたいな形に残るプレゼントはせんでしょう」

「高橋さんがリンダさんと最後に連絡を取ろうとしたのはいつですか」

「彼女が消えた、と衣笠さんから聞いた時です。一年以上前ですね。一応、登録された携帯にかけました。出てくれませんでした」

「衣笠さんの噂をした実習生にリンダさんの行方、いなくなった理由、トラブルの有無などを尋ねたんでしょうか」

高橋は小さく頷いた。

「もちろん。はっきりした返答はありませんでした。率直に申し上げて、実習生が実習先から姿を消すケースは今後も絶えんでしょう」

「賃金が安いから？」

「ええ。でも、そういう制度なんです。ごく稀に実習で学んだ技術を使い、ベトナムで大成功する例もありますがね」

「実習先、例えば衣笠さんの会社が暴力団や半グレと関係がある、という可能性はないのでしょうか」

「絶対ないとは言い切れません。でも、どうですかね。石手川学園は両親の素性を調査するいう話ですし。一昔前の結婚相手の調査みたいなもんですよ。衣笠さんは市議の話も出るくらいの人ですから。出馬要請があっても断っとるみたいですよ」

春香は藤堂に目顔で他に質問があるかを尋ねた。何もない、と同じく目顔で返事があった。

「最後に衣笠さんといい関係になったという、他の二人のお名前を教えてください」

一応聞いたが、二人とも衣笠水産にいた期間はリンダと重なっていなかった。

3

遅いランチタイムに、アーケード街の広めの和食店に入った。観光客のため、通しで営業しているのだろう。春香たちの他にも県外から来たと思しき人たちがちらほらいる。

「リンダはQとマルボウと別々に接触していたんですかね」

「だとすると、両者から仕事を得ていたことになる。相当稼ぎたかったんだね。地下銀行を洗ったのかな。って、洗えないか。リンダの財布がなければ、キャッシュカードもないもんね。手がかりがなさすぎる。後でオジサンに聞いてみよう」

「また係長をオジさん呼ばわりして。面と向かった時、つい口に出ますよ」

「口に出たところで別に平気。どっからどう見てもオジさんだし」

「育ちの悪さが滲み出てますね」

「育ちの悪さ？　すくすく素直に育った──の間違いじゃない？」

お待たせしました、と二人の前に鯛飯セットが運ばれた。いい香りだ。早速、割り箸を手に取る。

おいしい。

一口食べた瞬間、声を揃えた。その後は一切会話もなく、黙々と食べ続け、十分弱で平らげた。

刑事は概して早食いだ。十秒後に動き出さないといけなくなる時もある。春香は割り箸を置いた。

「地方都市って、ほんと食べ物がおいしくて、旅行とか出張のたび感動しちゃう。東京って何でもあるけど、実は何にもないと思えてくるよ。しまった。つい哲学的な物言いをしちゃった。ひょんな時、知性が滲み出ちゃうね」

「色んなものが滲み出ちゃいますね」

「隠し切れないもんでね」

春香はお茶を啜った。お茶もおいしい。藤堂もお茶を飲み、湯飲みを置いた。

「水と空気の違いでしょうかね。東京と松山とだと、空の色が違いますもん」

「東京って何もない、巨大な空っぽだから人を吸い寄せるのかも。それにつけても鯛飯はおいしかったなあ。実習生はこういうものは食べられないよね」

「自分で稼いだお金では難しいでしょうね。給与は安いし、借金も国への仕送りもありますから」

「仕事が絶対に楽しい必要はないけど、やり甲斐はあったのかな」

「実習がゆくゆく自分の望む職業に結びつくなら、薄給でもやり甲斐はあったでしょう。でも、昨今言われる『やり甲斐搾取』ですよ。やり甲斐だけじゃ生きていけません。我々も他人の事をとやかく言えませんよね」

だね、と春香はお茶をすする。

「こはるは警官になりたかったんだよね」

「あの時はよかれと思ったものの、振り返れば致命的な失敗でした」

「やっぱ、〝あぶない〟刑事さんに憧れた口？　あの人たちって街中でばんばん拳銃撃って、かっこいいもんね」

「世代が違いますし、街中で拳銃なんて危険すぎます。あれはドラマです」

「貴族的な刑事も拳銃ばんばんだよ」

「あれもドラマです」

「西部の人も」

「あれもドラマです」

「純情な人とか、人情派は撃ってないか」

「ですね、ドラマにしては珍しく」

「最近の刑事ドラマって拳銃を撃たないよね」

「リアリティの追求じゃないですか」

藤堂は興味なさげに言った。

「作り物にリアリティを求めるなんてクソくらえって感じ」

「どっちだっていいですよ、どうせ作り物なんです」

「冷めてるね。で、なんで警官になろうと思ったの？」

「珍しいですね。ここまで話が及ぶなんて」

そういえば、長い時間をともにしてきても、藤堂が刑事になりたがった動機について語り合ったことはない。日々事件に追われ、忙しすぎるのだ。

「旅情が導くんだよ……って旅行じゃないけど。で？」

「なんとなく、刑事って男っぽく感じたんですよ。志々目さんが言った数々のドラマじゃないですけど、登場人物は男ばっかで。いざ入ると、志々目さんみたいに女性がもっともっと進出して、活躍しなきゃいけない業界だと痛感します。いつまで男社会やってんだよって」

「へえ。というと？」

「男も女も同じ人間です。でも、違いはあります。この違いが捜査対象——参考人や遺族、聞き込み相手に与える影響は大きい。男には話してくれないことも、女になら話せる場合だってある。逆もまたしかりです」

「女性目線でってやつ？　あれ、あんま好きな言葉じゃないんだよね」

藤堂がもどかしそうに頬を指先で掻いた。

「同感です。そんな次元の話じゃないんです。もちろん、大半の男は気づかないのに、大半の女が気づくことがある現実は認めます。でも、もっと根本的な違いが生み出す要因を俺は言いたいんです。ＬＧＢＴＱの視点とか、妊婦さんの視点とか、体が不自由な人の視点とか社会はいま、色々と取り入れ出してるじゃないですか。それと一緒でなんというか……こう……すみません、うまく言語化できずに」

「いいよ。言わんとする意味は理解できる。社会が多様性に目覚めたように、警察も向き不向きを踏まえた多様性がないと。あたしが刑事部長になる頃には少しは改善しているかな」

藤堂がお茶に手を伸ばす。

「志々目さんこそ、なにゆえ警官に？　しかも刑事に」

「ちいちゃい頃、刑事と接する機会があってさ。そんで憧れちゃったわけ」

「その刑事に？」

「かもしれないし、刑事という職種にかもしれない」

「幼い志々目さんには眩《まぶ》しく見えたんですね」

「そ。幻想だよね。今のあたしたちなんて、まったく眩しく見えるはずないもん」

捜査に入れば毎日くたくたになって、気絶するかのごとく眠る。眠る時間のある夜はまだマシだ。

「激しく同意します。ところで、なんで刑事と接したんです？」

「追々ね」

煙に巻きつつも、春香の頭の中では当時の光景が蘇《よみがえ》っていた。

＊

お嬢ちゃん、チョコレートあげるよ——。

バカみたいなほど典型的な誘い文句に惹《ひ》かれたのは、我ながら魔が差したとしか思えない。たとえあの頃はチョコレートが大好物だったにしても。春香は五歳だった時を振り返ると、必ずそう感じる。あたしの瞳は、あの男のなにを捉えていたのだろうか、と。

当時練馬区内に住み、近所の公園で一人遊んでいた。いつもなら母親や友だちと一緒なのに、この時に限ってどうして一人だったのか。記憶にない。巡り合わせだろう。

夕方だった。五時の鐘は鳴っていなかったけれど、陽は傾き、長い影が自分の足からも滑り台からも鉄棒からも伸びていた。友だちはすでに帰宅していたのだろう、誰もいなかった。頭上を黒い鳥が飛んでいた。コウモリだったかもしれない。

ふらふらと男についていくと、象の滑り台の陰に誘われた。男の顔は逆光で影になって、はっきりと見えない。それなのに目元の大きなほくろが印象に残っている。

「チョコレートは？」

「いま、あげるよ」

男は肩からかけた鞄に手を突っ込んだ。鞄から抜き出した手がオレンジ色の夕陽をまとい、光って眩しい。

腹部が熱くなった。すぐさま冷たくなった。腹部を見ると、赤くなり、刃物で刺されていた。痛みは不思議となかった。

「おいしいだろ」

男の平べったい口調は今でも耳の奥に残っている。

「おいしくないよ」

「ほんと？　じゃあ、もう一口食べてごらん」

刃物が抜かれ、また刺された。今度は痛かった。口から叫び声が溢れた。自分の声には聞こえないほど、大きくて激しい声だった。

ほどなく大人たちが集まってきた。目の前から男が背中を向け、逃げていく。春香はその場に座り込んだ。足元には赤黒い血だまりができていた。

救急車に乗せられ、病院に運ばれ、手術を受けた。手術の間の記憶はすっぽり抜け落ちている。麻酔のせいだろう。

目が覚めると、病室で寝ていた。母親と見知らぬ若い男性がいた。春香の父親よりも大きな男性だった。春香が目を覚ました途端、母親は涙を流し、「ごめんね」と繰り返した。男性は母親の様子を見守り、彼女が落ち着くと、話しかけてきた。

「ぼくはお巡りさんです。春香ちゃんが見たこと、聞いたこと、話したことを教えて」

春香は言われた通り、話した。子どもながら、自分がほとんど何も語れないことに驚いた。それなのに刑事は口元を緩めた。

「ありがとう。色々わかったよ。お兄さんが犯人を捕まえるからね」

三日後、容疑者は逮捕された。目元のほくろが決め手だったという。男は一年前、娘を連れて家を出た妻と離婚していた。離婚した妻に苦痛を与えたかった、二人はどこに住んでいるのか定かでないので、娘と年齢も背格好も近い春香を狙った──などと、傍《はた》からすると、筋の通らない動機を語った。容疑者には容疑者なりの理屈があったのだろう。刑事になった今なら、余計にそう思える。

春香の入院中、父親は仕事を休んで毎日見舞いに来て、いつもは料理をしないのにハンバーグやクリームシチュー、ミートソーススパゲティなどを毎晩作ったという。母親も見舞いの後、そんな趣味もないのに一心不乱に絵を描いたそうだ。警官となってから、人間は普段と異なる心持ちの時、日常では見せない行動をとることがままある場面を見た。両親もそうだったのだろう。

春香は事件から一週間後、退院した。運が良かったのだ。あと一ミリ刃物がずれていれば、内臓に致命的な傷を負ったのだという。

退院翌日、若い刑事が家にやってきた。

「春香ちゃんのおかげで無事に逮捕できたよ。ありがとうね」

た。

「もうあたしのとこに来ない？」

入院中、真夜中、顔のないほくろ男が部屋にいる夢を見て、叫びそうになり、何度も目が覚めた。

「そう、もう来ないよ」

若い刑事は力強い声だった。

「怖くなかったの？　犯人。悪い人なんでしょ」

「怖いよ。お巡りさんも人間だからね。だけど、平気なんだ」

「嘘つき」

「嘘じゃないよ。みんなが怖がる悪い人を捕まえるのが、お巡りさんの仕事なんだ。お巡りさんが怖いってことは、みんなも怖いってことなんだ。そんな悪い人がいたら、絶対に捕まえないとね。怖いからって、誰も何もしなかったら、悪い人が増えるだけだろ。残酷な世界を少しでも良くしたいじゃないか」

刑事の笑顔が眩しく見えた。あの時、幼いながらも自分の心から顔のないほくろ男の存在が消えていくのを感じた。事実、二度とほくろ男の夢を見ていない。

「あたしもお巡りさんになる」

「いいね。待ってるよ」

刑事が手を出してきた。握り返すと、ごつごつとした大きな手だった。

学生時代に付き合った男に、卒業後は警官になりたいのだと、理由を含めて話したことがある。久しぶりに会った時だった。男は二学年上ですでに社会人となっており、テレビ局の社員だった。

――弱いエピソードだなあ。殺人未遂で警官になる？　脚本家がそんな生ぬるいことを書いてきたら、うちのPとDが有無を言わさずに書き直させるぞ。

得意げに言われ、その日、即行で別れた。

テレビドラマと現実は違う。若手テレビマンからの観点では生ぬるく感じる出来事でも、現実の本人にとっては人生を変える一大事だったのだ。もう顔も名前も忘れたが、あの男は大地震や災害で何百人が亡くなったとしても、犠牲者数を単に数字として捉えるだけで、一人一人の当たり前だった人生に思いを馳せられないのだろう。そんな男と一秒たりとも一緒にいたくなかった。

交通事故、ひったくり、窃盗、暴行事件など社会では毎日多くの犯罪が発生し、多くの被害者が出ている。世間的にはありふれた事件、ありふれた被害者であっても、当人にとっては一生に一度あるかないかの出来事なのだ。それを弱いエピソードなどと言ってはならない。春香は殺されかけた後、チョコレートが一切食べられなくなった。他の甘いものは食べられるのに、吐き気に襲われてしまう。トラウマなのだろう。事件が解決しても、こういう目に遭う人は大勢いる。

一生に一度の出来事という観点で言うと、あの警官との出会いもそうだった。大学生時代の就職活動で何社かOB訪問をしたり、セミナーに参加したりしたが、どの会社もピンとこなかった。あの警官が浮かべた笑みが誰の表情にもなかったのだ。

自分もああいう笑顔を他人に向けられる人になりたい――。

警視庁の採用試験を受けることに決めた。治安を守ることで、これからチョコレートを食べられなくなる人を一人でも減らしたい。また犯人に襲われる悪夢を振り払ってあげたい。

試験の資料が自宅に届いた日、両親に意志を話した。

——いいんじゃない、周りは強い人ばっかりだろうから安心だし。

母親はほっとした面持ちで、父親は苦笑していた。

——どんな職業でも春香がしたいことをすればいいさ。

入庁後、春香は独り暮らしを始めた。あまりの忙しさに二人とは五年は会っていない。頼りがないのはよい知らせということで納得してもらっている。

元カレのテレビマンならリンダ事件についても、『弱いエピソードだなあ』と得意げに言い出すのだろう。リンダにとっては人生が終わる事件だったというのに。あの男も一度、何かの犯罪に巻き込まれてみればいい。想像力がないのなら、一度死なない程度に痛い目に遭った方がいい。もう巻き込まれているかもしれないけど。一人の職業人として、こんな不穏なことを考えるべきでないのは百も承知だ。でも、警官だって一人の人間だ。

あたしは人間として、警官の職務をまっとうしたい。せっかく生き残ったのだから人間としての自分を、心と体を大切にしたい。

＊

藤堂がお茶を啜り、湯飲みを置いた。

「これからどうします」

「もう一度、衣笠水産に行く。マルボウの件をあてていないから。愛媛にいるうちにやれることはやっておく。また来られるとも限らないし」

「日頃の発言とは裏腹、ほんと仕事熱心ですよね。てっきり道後温泉に行こうと言うんだと思いましたよ」

「やっつけ仕事で温泉に入っても、気持ちよくないでしょ」

「浮気の件も、衣笠さん本人にあてないとですね」

「だね。ジャッキーにも」

和食店を出た。松山には冷たい風が吹いていた。


衣笠水産に戻り、再び衣笠と事務所で向き合った。

「暴力団？　気がええ連中ばかりです。少なくとも、うちの会社周辺にはおりません。リンダが連中と知り合ったんなら、ここを出た後でしょう」

「そうですか。ところで、歴代のバーベキュー大会などの写真を拝借させて下さい」

「データでもよければ。何に必要なんです？」

「参考になりそうなので。他の逃げた方もどなたか教えてもらえると助かります」

リンダの交友関係が事件と絡むならば、ヒントとなる人物が写っていてもおかしくない。衣笠が知らないだけで、暴力団員と繋がる者だっているかもしれない。

衣笠がパソコンをいじり、藤堂の携帯に数枚転送した。写真を見ながら、十人の逃げた実習生を教えてもらった。直近の逃亡者はリンダだという。浮気相手だった二人はリンダと顔立ちが似ている。くっきりとした目鼻立ちは、奈緒にも似ている。こういう顔が好みなのだろう。

「衣笠さんとリンダさんは不倫関係だったそうですね」

春香はいきなり切り込んだ。

衣笠は絶句し、口を開け、瞬きを止めている。春香は返答を待った。衣笠は軽く咳払いし、口を開いた。

「どこでそれを?」

「リンダさんの交友関係を調べているのは、わたしたちだけではありませんので」適当に言い抜けた。「奥さまはご存じですか」

「……蒸し返さんでほしいんですが……」

衣笠は懇願口調だった。春香は藤堂と目配せを交わし合った。本人の言質《げんち》がとれたのなら、それでいい。

「承知しました。あたしたちは衣笠さんのご家庭を壊すことが目的ではありません。密会場所は市内のマンションですか」

「そこまで……」

「密会時、彼女が逃げ出す素振りはなかったのですか。誰かと連絡を取り合っていたとか、こっそり相談されていたとか」

「ありません。ショックでしたよ。信用されてるとばかり思ってましたから」

「アクセサリーなど、プレゼントをされましたか」

遺体は装飾品を身に着けていなかった。

「いえ。会社の資金もカツカツやし、子どもの教育費もありますし」

「リンダさんは密会場所のマンションに自由に出入りできたのですか」

「いえ。鍵は私が持っとったんで」

「この後、ジャッキーさんだけでなく、奥さまにも伺わせてください。ご安心を。浮気のことではなく、暴力団の件を伺うだけです。お手数をおかけしますが、まずジャッキーさんを呼んでいただけませんか」

「ジャッキーはともかく、妻にも？」

「午前中も少々伺っておりますので、一応。捜査は融通が利かないんです。我々も上司に報告書を上げないといけません。ご理解ください」

春香は事務的に告げ、軽く頭を下げた。相手にとって嫌なことでも、丁寧な姿勢で押し切るのが刑事の仕事だ。

衣笠が作業場からジャッキーを連れてきて、一人、不安そうに事務所を出ていった。春香はジャッキーに暴力団について尋ねた。

「怖い人の知り合い？　いませんデス」

本題に入ろう。

「午前中、リンダさんは仕事が嫌じゃなかったと、おっしゃいましたよね。それなのにここを飛び出したのは、お金の面だけでなく、衣笠さんとの関係で居づらくなったためでもあるんじゃないですか」

希望の土地で働いていても借金を返せる目途がたたず、ここを飛び出したのだと最初は考えていた。しかし浮気関係を重ねると、別の絵も浮かぶ。実習生の間で噂になっていれば、居心地は悪いはずだ。依怙贔屓《えこひいき》で仕切り役になったなどと勘ぐられたに違いない。

「具体的に言うと、リンダさんは衣笠さんの浮気相手ですよね。わかりますか」

ジャッキーは藤堂に視線をやり、春香に戻し、口を開いた。

「わかります。リンダ……そうだからいなくなったと思います」

「午前中、衣笠さんにとって都合の悪いことを言いたくなかったのですか」

「ツゴウノワルイ？」

「嫌なこととか、知られたくないことです」

「社長のためじゃなく、奥さんのためです。奥さん、ワタシたちにすごく優しいデス。ママのように部屋の掃除も洗濯も、色々してくれます。週に一度は夕ご飯も作ってくれます」

寮母のような存在か。とすると、リンダが姿を消したのは、周囲の噂が嫌だったというよりも――。

「リンダさんは罪悪感でいたたまれなくなり、姿を消したと？」

「すみません、日本語がよくわかりません。ザイアク？」

「リンダさんは奥さまに悪いことをしていると思い、耐えられなかったのでしょうか」

「多分」

「他の実習生も、衣笠さんとリンダさんの関係を知っていたんですね」

監理団体の代表との会話に出るほどだ。

「みんな、なんとなく。社長、態度、違いました。社長、リンダを気に入っている、みんな気づいたと思います」

衣笠奈緒もそうやって勘づいたのではないのか。親睦会などで顔を合わせていただけでなく、夫の浮気相手という面もあり、しっかり記憶していたのだろう。

「衣笠さんの前、リンダさんに恋人はいなかったんですか」

「恋人作る？　どうやって？」ジャッキーは藤堂にも目をやり、続ける。「ここに付き合う人、いません」

「リンダさんは衣笠さんからプレゼントをされていた？」

遺留品の確認などで余計な手間が振りかかってこないよう、衣笠は何も言わなかったのかもしれない。

「見たことないデス。あっても、ワタシたちに見せる人じゃなかった」

プレゼントをもらったにしても、もらっていなかったにしても、リンダは本来、自制心や道徳心が強かったのだろう。それなのに衣笠になびいた自分に嫌気が差したのかもしれない。それだけ日本での生活が心細いのか。寮に同僚がいるとはいえ、基本的に異国での生活なのだ。金も、恋人も、友人もいない土地で暮らすのは容易ではない。

ジャッキーが作業場に戻り、数分後に衣笠夫人がやってきた。

「夫も申しあげたと思いますが、衣笠水産は暴力団と関わっていません。夫は市会議員の話も持ちかけられるような人です。暴力団と接点があるのなら、こういう地方都市はすぐ周囲に広まります。市会議員の話なんて出てこないでしょう。ここにいる間は実習生の皆さんも接点はないはずです」

一息で捲《まく》し立てるような口調だった。かなり気を張っているのだろう。警察と話す機会なんて普通はない。しかも松山市民が警視庁の人間と。

一概に衣笠奈緒の発言には同意できない。地方議員と暴力団がかなり近い距離にいる地域もいまだにある。市会議員の話が出る人間も、その範疇《はんちゅう》に含まれるかもしれない。

「アルファベットでQと名乗る人物をご存じでしょうか」

午前中は早々に事務所を出ていき、引き留める理由もなかったので聞けなかった。実習生と母代わり同然に付き合うなら、一度や二度、相談を受けていてもおかしくない。

「いえ。知りません」

ただいま、と事務所のドアが開いた。学生服姿の少年だ。エリート校に通う、衣笠夫妻の息子だろう。

「おかえり」奈緒が声をかける。「期末試験どうやった？　今日は英語と理科やったっけ？」

当然ながら、声音が春香たちと対した時とはまるで違う。どこかぬくもりがある。

「そ、結果は多分ぼちぼち」

「明日の科目は？」

「数学と国語。あんな、言われんでも勉強くらいやるって」

失礼します、と息子は春香と藤堂に向き直って一礼し、ドアを閉めた。

「礼儀正しいお子さんですね。自分から進んで勉強するなんて、学生時代のあたしには考えられません」

「勉強だけが取り柄の子でして」

「あの学生服は確か――」と藤堂がさも知っている口ぶりで言った。

「おかげさまで」と奈緒が破顔する。「日本はまだまだ学歴や経歴社会ですから。わたしも夫も大学には行っておりませんで、嫌な目にもたびたび遭いました。息子には同じ思いをさせたくないので、小さい頃から勉強だけはさせてきました。ガリ勉だと蔑まれるかもしれませんが」

「まさか」と藤堂が続ける。「得意なことを伸ばすのは、あるべき教育の方向性ですよ。野球が得意なら野球を、歌なら歌を――と一緒です」

藤堂は相手の懐に入るのがうまい。二人で聞きこみする際は春香が主に質問を繰り出し、藤堂は相手の心に入り込む隙を狙っている。奈緒の口調も顔も、つい先ほどまでとは大きく違っている。

「名門校だと、勉強もかなり大変でしょうね」

「生活態度も大分変わりました。校則も厳しいので。学校は親にも色々とうるさいくらいなんです。医者や弁護士、県会議員の親と子どもには少し緩いようですね」

扱われ方なんて立場と肩書きで変わるのは世の常だ。本音では夫に市会議員に立候補してほしかったのかもしれない。東京に比べると、松山などの地方都市の方がいわゆる地元の名士の存在価値や存在意義は高いだろう。教師だって人間。学校での扱われ方も異なってくるはずだ。

「息子さんも実習生と交わる機会はあるのでしょうか」

見事な流れで藤堂は切り込んでいく。

「バーベキューの時くらいです。皆さん、弟のように可愛がってくれますよ」

「リンダさんも？」

一瞬だけ奈緒の眉根が歪んだ。

「ええ。可愛がってくれたと思います」

「念のため、息子さんにも話を伺わせてください」

「息子にも？　試験中なんですよ」

「警察は四角四面でして。ここでお話を伺えないと、東京まで来ていただく恐れもあります。ここで我々がささっと話を聞いてしまった方がいいかと」

藤堂は悪びれず、しれっと言う。

奈緒は渋々承知し、息子を連れてきた。息子も暴力団やQについては当然、何も知らなかった。

春香は天井が高く、大きな湯船で足を伸ばした。衣笠水産を後にし、市街地に戻り、道後温泉本館に来ていた。時代劇に登場する大きな代官屋敷のごとき外観はもちろん、浴槽やタイルの内装も趣深い。これまでどれくらいの人たちが、この温泉に浸かってきたのだろう。

骨から温まっていく心地だ。お湯に触れて初めて、手の指先や爪先が冷えきっていたことに気づいた。まもなく本格的な冬。季節はいつの間にか進んでいる。つい最近までうだるような夏だったのに。セミはいつ今年最後に鳴いたのだろう。三十歳を過ぎた辺りから、一日が過ぎる速さが増している。

春香は肩まで湯に浸かった。

湯船には外国人観光客の姿も多い。東南アジア系の人もいる。リンダも一度くらいは道後温泉に入浴したのだろうか。松山市に初めて訪れた際、何を思ったのだろう。故郷とはまるで違う景色に戸惑ったのか、心を躍らせたのか。

湯を上がり、二階の広間に行くと藤堂がすでにいた。窓から入る冷たい風を浴び、しばし涼み、春香は親指を振った。

「ひとっ風呂浴びたら小腹が空いたね。なんか食べに行こうよ」

「いいですね。少々お待ちください」藤堂がスマホをいじり、顔を上げた。「松山は鍋焼きうどんが有名みたいです。この近くにもお店があります」

「小腹にしちゃ、重たくない？」

「じゃこカツとかコロッケとか一品料理もあるみたいです」

「お、いいね。デキる男はリサーチが行き届いてる。モテないけど」

「俺、なんでモテないんですかね」

「衣笠さんにモテるコツを教えてもらえば？」

道後温泉本館を出て、そぞろ歩きの観光客の間を抜けていく。みな、夕暮れの松山をのんびりと散策し、楽しそうだ。藤堂が振り返ってくる。

「歩くの、速すぎます？」

「大丈夫。鍋焼きうどんへの執着が伝わってくるだけ」

こじゃれた外観の店に入った。メニューを一通り眺めた後、春香も鍋焼きうどんを注文した。

「結局食べるんですね」

「歩いたら小腹じゃなくて、大腹が空いたからさ。大腹なんて言葉、ないだろうけど。じゃこカツも追加したいくらい。じゃこ天なら食べたことあるけど、じゃこカツって東京にないじゃん」

藤堂がスマホで帰りの飛行機の時間を検索した。

「あ、まずいですよ」

「もう戻る飛行機はない？　やったね、一晩飲み明かそう」

藤堂が力なく首を振る。

「それがあるんです。捜査会議はどうせ十時とか十一時からですよね。充分間に合ってしまいます」

「あー、もう、相当まずいね。戻らなきゃいけないじゃん」

「どこもかしこも近くなりすぎですよ。日本が豊かにならない根本原因にぶちあたった気分です」

「どういうこと？」

「移動面だけじゃなく、すべてにおいて効率性が年々向上してますよね。企業は出張旅費や諸経費をカットできるようになった。裏を返せば、その分の金はどこにも落ちてないんです。設備投資もされず、給与にも転嫁されず、企業の懐に蓄えられるだけで。一見無駄に思えても、必要な余白ってあるんですよ。無駄と余白は似て非なるものなんです。機械や道具が進歩すればするほど、生活が貧しくなっていく観があります」

　春香は肩をすくめた。

「せいぜい鍋焼きうどんをおいしくいただこうか。こうなりゃ、じゃこカツも追加で注文しよう」

「いっそ、ビールもいっちゃいます？」

「魅力的な提案だけど、一応勤務中だよ」

「残念。じゃこカツだけにしときますか」

　藤堂が手を挙げ、店員に声をかけた。

三章　手がかり

1

「——以上です」

松山市での聞き込みの報告を終え、春香は座った。パイプ椅子がかたりと鳴る。端折《はしょ》った部分もある。すべてを報告する必要はない。

今夜の捜査会議は十一時に始まった。案の定、余裕で開始時刻に間に合った。捜査一課長の荒木の姿はない。他の帳場にいるのだろう。

横浜、愛知、神戸、大阪の出張組も続いて報告に立ったが、成果はなかった。

続いて鑑取り捜査班が、錦糸町のパブ店を中心にリンダの交友関係を洗った成果を順番に発表していくも、進展はない。

「次、地取り班」と児島が野太い声を発する。

目撃者なし、叫び声を聞いた者もなし——。各組、実りのない結果を述べていく。結局、現場付近の地取り班も鑑取り班同様、進展はなかった。通報者の素性も足取りも定かでないままだ。

「弟のハンは新たな供述をしたか」と中辻の声が飛ぶ。

「いえ。なにも」と森下が端的に言った。

「Qとの接触を試みた組はどうだ」

「呼び出し音もないまま、留守番電話に繋がります」児島が応じる。「これまでの携帯を捨て、新たな携帯を使い始めたのでしょう」

「暴力団員の男はどうなった」

「自宅に捜査員を張りつけてます。まだ帰宅していません」

「そいつがQってこともありうる。少しでも関係がありそうなら、微罪でもなんでもいいから引っ張れ」

中辻の語気は荒い。

暴力団員に人権はないと考える警官は多い。別件逮捕は非難の的になっており、報道機関や市民が今の中辻の発言を耳にすれば、大事になるだろう。ただ、日々多くの事件で暴力団が関わっている現実を目の当たりにしていれば、連中の人権を無視したくもなる。

「防犯カメラ映像の解析はどうだ」

「粛々と進めています。通行人や何台か車が通るくらいで、決め手となる映像はまだありません」

児島が事務的な口調で告げた。

殺人を犯した後、普通の人間は早足になったり、落ち着かなくなったりと挙動に変化が生じる。こちらも事件で飯を食うプロなのだ。防犯カメラの映像であっても、不審な挙動は目につく。

「最近の現場付近での強盗、窃盗の発生はどうだ」と中辻が問い、ポマード頭に手をやった。今日もカブトムシのごとく、髪がてかてかと光っている。

「空き巣が三件。しかし本件発生前日、その容疑者が新宿署に逮捕されています」

「ノビはそいつだけじゃないだろ」

「ええ」と児島が受ける。「別のプロによる強殺の可能性もゼロではありません。ただ、ノビならもっと狙いやすい部屋があちこちにあり、殺しもしないでしょう。リスクが大きすぎます」

「プロに命じられた素人は、簡単に人を殺してるけどな」

中辻が鋭く吐き捨てた。

昨年警視庁管内で、たった数万円や腕時計を奪うために、九十歳代の女性を暴行殺害した事件が起きている。関わった人間は全員死刑になればいい、と大半の国民は憤っただろう。春香もその一人だ。

「むろん」と中辻が続ける。「あの事件と、今回のリンダ事件とじゃ、明らかに趣が異なるが」

春香は隣の藤堂を見て、意識的に二度瞬きした。藤堂は真顔で頷いた。やはり通称が『リンダ事件』になった。

「逃げた同居人たちの行き先について状況はどうだ」

「都内や横浜、名古屋で携帯の電波が発信されています。いずれも繁華街のビルなどで、場所の特定には至っていません」

児島がメモも見ずに答えた。依然、春香と藤堂が突き止めた女性とリンダの弟以外、同居人は行方不明ということだ。

「通報者は？」と中辻が言う。

「新大阪で降りた後の足取りを追えていません。防犯カメラ映像でも、多数の利用客に紛れてしまい、確認できませんでした」

「地道にいこう。いずれ道は拓ける。明日以降の段取りは児島から伝える」

中辻はこういう時の決まり文句で締め括った。

児島の指示により、春香と藤堂は昨日とは別の共同生活者を捜す役目になった。他組の応援だ。マークしたい人物が何人かおり、手が欲しいのだという。

会議後、児島が歩み寄ってきた。

「松山ではいい骨休めになったろ。明日もばっちり引き当ててくれ」

「お言葉ですが、仕事で松山に行ったんですよ」

春香が眉を顰める。

「まあまあ」と藤堂がなだめた。「俺たちが一番結果を出してんのは間違いないんです。同居人を真っ先に見つけ、弟の確保にも一役買ったからこそ、児島さんも揶揄《からか》えるんでしょう」

藤堂の声はいつもより大きい。森下の耳に入るのを狙ったのかもしれないが——。

「こはる、結果うんぬんって、大きな声で言っちゃダメだよ」

本庁の捜査一課に配属される刑事は、森下に限らず、誰しもが腕に覚えがある。自分で手柄を立てたいと考え、捜査会議で成果をすべて報告しない者も多い。警官も聖人君子ではない。不用意な発言は反感を呼び、敵を作りかねない。敵は犯人たちだけで充分だ。

「安心してください。わきまえてます」

「だといいけど」

おいおい、と今度は児島が割って入る。

「仲がいいな」

「四六時中、一緒にいますからね」と春香は右眉だけを動かした。

お嬢、と向坂正造《さきさかしょうぞう》が靴のかかとを床にぶつけるように歩いてきた。児島係の最年長で、皆がオヤっさんと呼んでいる。生粋の酒好きが祟り、中性脂肪やγ《ガンマ》－ＧＴＰの値に悩んでいる。小太りの体型を自ら『だるま』と呼んでいた。

「明日はよろしく。ヘルプに入ってくれてうれしいよ。なんせ新宿は人が多すぎる」

春香の担当エリアは人が少ないので同居人を見つけられた、というイヤミに聞こえなくはない。さらりと聞き流し、春香は笑みを浮かべた。

「オヤッさんが苦戦するんなら、誰だって苦戦するでしょうね。こはると力を尽くします」

「カッカッカ」向坂が時代劇の悪代官のように笑う。「お嬢はたいしたジジ転がしだよ。だるまが転んだら元も子もねえわな」

お嬢呼ばわりに、ジジ転がし発言。セクハラに該当する発言だが、春香はむしろ耳に心地よかった。

春香が有明署の交通課にいた際、向坂と出会った。

＊

警官となって三年目の夏だった。有明署で初めて殺人事件の捜査に加わった。当直勤務の際、管内の広い緑地帯で刺殺体があると通報が入り、刑事課の当直員だけでは手が足りず、交通課の春香も出動することになったのだ。

当直主任の交通課長のにやけ顔は今でも鮮明に憶えている。

「お嬢ちゃんにはちと酷かな」

春香は唇を嚙み締め、同僚と現場に赴《おもむ》いた。

公園前で交番勤務の地域課員二人と合流し、まずは通報で刺殺体があるという場所に向かった。ひとけはまったくなく、街灯も乏しい一角で、夜の空気を蟬の声が震わせていた。ただでさえ蒸し暑いのに海に近いこともあり、湿っぽさが増している。

低木の向こうから強烈な異臭がした。春香は思わずハンカチを取り出し、鼻と口を覆った。近づくにつれ、異臭はさらに濃くなっていった。春香は息を止めて低木を回り込み、意を決して異臭のする方を覗き込んだ。

血まみれの女性の遺体があった。

女性は眼球をえぐり出され、唇を切り裂かれ、耳を削ぎ落とされ、腹部に刺された痕がいくつも見受けられた。

春香は後ずさりした。刹那、吐き気がこみ上げてきて、急いでその場を離れた。吐き気は消えず、現場から離れた木の陰で嘔吐した。

その後、なんとか体を動かして現場を封鎖し、鑑識や刑事課の到着を待った。彼らが現着した後は、同僚と夜通し規制線の前に立ったが、その時の記憶はあまりない。初めて見た殺人現場の悲惨さに頭が麻痺したのだろう。

本庁捜査一課も帳場に入ることになった。帳場から女性の警官を借りたいとの要望があり、現場確認した流れで春香が指命された。

帳場から交通課長に仁義を切りにきたのが、向坂だった。当時は児島係ではなく、別の係に所属し、その係長も同席していた。春香も仁義を切る場に呼ばれた。

交通課長は眉を顰めた。

「志々目には無理でしょう、足手まといになりますよ」

「彼女は何かしたんですか」と向坂が尋ねた。

「現場で吐いたんです。ヤワなお嬢ちゃんには、殺人事件の捜査なんて無理でしょう」

交通課長は呆れ顔だった。春香は屈辱で拳を爪が食い込むまで握り締めた。しかし、一晩たっても鼻の奥に異臭がこびりついていて、いまだ吐き気が収まらないのは紛れもない事実だった。

「ほう」向坂が春香の顔を覗き込み、目元を緩め、視線を課長に戻した。「そいつはかなり見所がある。失礼ながら、あなたは殺人事件の捜査に携わったご経験も、現場に立ち会った経験もないのでは？」

「それが何か？」

「初めて殺人事件の現場に立ち、吐き気がこみ上げてこない者なんていませんよ。特に今回みたいな酷い現場ではね。人間として自然な反応ですよ。そういう経験の積み重ねが捜査員を磨いていくんです。確かに彼女はまだお嬢ちゃんでしょう。しかし彼女はもうあなたより磨かれた。捜査員として、あなたはお嬢ちゃんより見込みがないんですよ」

交通課長は表情を失い、係長はうつむいて肩を揺らし、噴き出しそうになるのを堪えていた。

春香はそのままの流れで、向坂とコンビを組むことになった。署を出ると、向坂はにっと笑った。

「志々目、よろしくな」

「よろしくお願いします。一つお願いしてもいいでしょうか」

「金ならないぞ、あしからず」

「志々目ではなく、お嬢ちゃんと呼んでいただけないでしょうか」

向坂が真顔になった。

「理由を聞こうか」

「あたしは刑事になりたいんです。そのためにも、現場で吐いた、まるでお嬢ちゃんな自分を忘れたくありません。職業人としても一人の人間としても」

「いい心がけだ。でも、お嬢ちゃんじゃ響きが悪いな。お嬢にしよう」

さすがに児島や森下など他の係員はお嬢と呼んでこない。ご時世的にまずい発言だと認識しているのだろう。

＊

「携帯の電波発信反応が新宿であるんですよね」と春香は向坂に尋ねた。

「昨日はな。一昨日は小岩《こいわ》のマンションだった。今日は昼過ぎ、歌舞伎町の飲み屋ビルで反応があって、十時過ぎに五人の東南アジア系が出てきた。オレと相勤は一人の男を行確したが、見事にハズレだった。で、今晩百人町《ひゃくにんちょう》で反応があった」

「現場に近いですね」

「いくら近くたって、顔も名前もわからん奴を捜すのは難しい。それが捜査だけどな」

「おっしゃる通りで。何時から張ります？」

「六時にしよう。こはるも頼むぜ。児島係長もお疲れ様でした」

手をひらひらと振り、向坂が階段に歩いていった。柔道場に泊まるのだろう。ここから百人町なら、朝もぎりぎりまで眠れる。

児島が別の組に声をかけにいき、春香と藤堂は帳場を出た。

「ラーメン行きます？　松山で鍋焼きうどんを食ってから、結構時間が経って腹減りましたよね」

「だね。けど、ラーメンは却下。お米が食べたい」

今晩は牛丼店で夜食をとり、帰宅した。シャワーを浴びていると、温泉効果で肌がつるつるだった。人生であと何回、温泉に入れるのだろう。あたしが『自分は明日死ぬ』と考えていないように、リンダも死の前日、自分が明日死ぬなんて想像もしていなかったに違いない。

朝五時半、春香と藤堂は新宿の百人町にいた。この辺りは新大久保駅と大久保駅の北側で、江戸時代に百人鉄砲隊が住む一帯だった。現在はエスニック料理店や韓流ファンで賑わう一面と、ラブホテルや雑居ビルが林立し、性病院などもある一面を持っている。春香たちはラブホテルからほど近いアパート群におり、空気は冷たく、澄んでいた。朝はどんな街の空気も昼間とは違う。

「青少年にはあんまりよろしくない環境だけど、夜中とか朝は静かでいいよね」

「瞑想しようにも、煩悩《ぼんのう》が次々と浮かんできそうです」

十分後、向坂と相勤の所轄の若手がやってきた。

「ご苦労さん。今日はアタリだといいな」

通信会社に協力を仰いでいるが、さすがに早朝は対象者の動きの有無を問い合わせられない。勘が勝負になる。

「誰を行確するかは、オヤっさんの指示を仰ぐってことでいいですか」と春香が尋ねた。

「いや、人選はお嬢に任せるよ。ただ、先にこっちが決めさせてもらうぜ」

「どうぞ。あたしたちはヘルプなんで」

「あのマンションですよね」と藤堂が視線を右斜め上に振る。

「ああ。あっこだ」と向坂も目をすがめる。

鳩よけのネットが張られた、古いマンションだ。狭いベランダからして、中はさほど広くないだろう。ワンルームか１Ｋといった間取りか。

「リンダが住んでいたとことか、一昨日同居人を見つけたとこにそっくりですね」と藤堂が言った。

「そういう物件をＱが選んでんのかもね」と春香が応える。

「何者なんでしょう」

「興味深い存在だよね。リンダと接点があるとわかっている以上、接触したい。何か事情を知ってるかもしれないし。でも、今のところＱに辿り着く糸口がないよね」

「昔ならよ――」向坂が会話を引き取る。「裏の人足はマルボウの十八番《おはこ》だった」

「じゃあ、リンダの携帯に履歴があったっていうマルボウはＱと関係あるんですかね」

藤堂が問い、向坂は首を捻った。

「どうだろうな。カタギが裏稼業にどんどん乗り出してる時代だ」

「オヤっさんの読みは？」と藤堂が重ねて尋ねる。

「大方、Ｑも不法滞在のベトナム人だな。裏の互助組織っていうかさ。ちょっと目端が利く奴はプラットホーム事業に乗り出すご時世だ」

「あたしも同感」

「力強い援軍だぜ」と向坂がおどけた。

「なら、マルボウとQが抗争状態で、どちらとも関係のあったリンダが巻き込まれたとか？」と藤堂が言う。「オヤっさん的にどう思います？」

　向坂は顎をさすった。

「Qがボドイと関わりがあろうがなかろうが、その線は薄いな。どのマルボウも、外国人組織を駆逐できるほどの力はねえ。抗争で弱っちまえば、その隙にチャイニーズマフィアや中央アジア系のマフィアにシマもシノギも奪われる」

「一昔前なら」と春香が会話を継いだ。「外国系のマフィアが力任せにマルボウを食っちまおうっていう流れもありましたよね」

「ああ、けど今はマルボウと外国人マフィアは互いのナワバリを侵さず、シノギの拡大を目指してる。相手がよほど弱った時とかじゃないと、実力行使に出ない。Qが何者にしろ、裏の互助会を作り上げたんだ。その組織力と事を構えるのは得策じゃねえ。仮に抗争を考えるなら、水面下でいきなりシノギを奪える方法をとるだろうよ。リンダみたいな、組織の部品を殺す真似はしねえな」

「さすが元マルボウ担当。情勢分析に説得力があります」と春香は音を出さずに拍手した。

「マルボウ絡みで踏んだ場数が違うからな」

「たとえば？」

「組事務所に踏み込むだけじゃなく、自分の金じゃ一生縁のないような高級クラブにも入ったし、海水浴や森林浴にも行ったし、養豚場でクソまみれになったこともあった」

捜査一課には様々な経歴を持つ者が配属される。最近では刑事部とはあまり相容れない公安の人間も異動してくる。

「リンダの携帯履歴にあったマルボウは何なんですかね」と春香は尋ねた。

「あの組は武闘派じゃねえから、抗争なんか絶対にしねえよ」

「ケツモ……」

春香は言いかけ、口を閉じた。六時過ぎ、当該マンションから一人の東南アジア系の男性が出てきた。カーキ色のジャンパーを着て、足が長い。

「昨日も見かけたな」と向坂が顎をさする。

「新宿でも？」と春香が聞く。

「さて、なんせたくさんいたんでな。どうだ？」

向坂が相勤の新宿署員に尋ねた。新宿署員は首を横に振った。

春香は藤堂と目を合わせた。スルーしよう。言葉に出さず、意思を確認し合った。あの男性からは事件のニオイがしない。事件に関わった者は不思議と特有のニオイを発する。リンダの死で、姿を消した人間なら少しはニオイがするはずだ。

今度は三十代半ばの男女が相次いで出てきた。どちらも東南アジア系だ。一緒に歩いているわけではない。黒いマウンテンパーカーを羽織った細身の男性が先にいき、小柄な女性は顔の半分を埋めるようにマフラーを巻き、うつむき加減で歩いていく。

「俺たちはあの男を追う。後は任せるぜ、お嬢」

「ご武運を」

「あんがとよ。お嬢たちも頼むぜ」

はい、と返事し、向坂たちを見送った。

「オヤッさんは何か感じたんですね」と藤堂がささやいた。

「こはるはどう？」

「意地の悪い質問ですね。お気づきなんでしょ」

「もち」

昨晩の捜査会議では、衣笠から仕入れた写真について報告していない。自分たちの手で新たな糸口を摑み、結果を出すためだ。先ほどの男女のうち、女性の方が写真にうつっていた。

速やかに行確を開始した。女性の背中が数十メートル先に小さく見える。その先には向坂たちの姿もある。一分も経たないうちに向坂たちは右に曲がり、春香のマルタイは左に曲がった。五分ほどで新大久保駅に到着した。利用客はちらほらいる。

「接触は目的地を割り出してからだね。次、出てくるまで長く待つかもしれないけど」

「仕方ないですよ。荒行には慣れてます」

池袋・上野方面行の山手線がきた。春香たちは女性の隣の車両に乗った。

「今日も池袋かな」

「ありえます。国際色豊かな街ですから。原色に近いっていうか」

「新宿と渋谷に比べると、池袋ってなんか闇の度合いが濃いよね。日本屈指の繁華街なのに、そこで死んだ人間たちの空気を感じるというか」

「雑司ヶ谷霊園も近いですからね……って、まさか霊感があるんですか」

「ないよ。ただ歴史が積み上げた闇を感じる街ってだけ」

山手線は進んでいく。女性は携帯を取り出すわけでもなく、席に座ったままだ。池袋駅に到着した。女性は降りない。ドアが閉まり、再び動き出す。

数分後、大塚駅に到着した。

女性がホームに降りていく。春香たちも後に続いた。女性は少し周囲に視線をやり、階段を探している。使い慣れた駅ではないらしい。改札を抜け、女性は携帯を取り出し、画面に目を落とした。春香たちは距離を置き、様子を観察した。

女性は辺りを見回し、右側にいく。都電が正面を走っていく。春香は大塚駅で降りたことはなかったが、駅前の広場では大勢がのんびりと行き交い、雰囲気のいい駅だ。男性専用の夜の街というイメージしかなかった。

女性はバス通りを渡り、小路に入った。うなぎや焼肉の店が並んでいる。女性はぎこちない歩みで進んでいく。飲食店だけでなく、ラブホテル、病院、ヘルパー介護施設などが並ぶ通りだ。

彼女は通り沿いの古いマンションに入った。

「またもや現場マンションとかに雰囲気が似てますね」

「Qの手配のニオイがする」

春香は鼻をひくつかせた。

「待機のニオイもしますよ」

藤堂も鼻をひくつかせた。

七時、八時と通勤通学の時間になっても、通りには人が出てこない。駅には別の通りを使う方が近いのだろう。時間の流れがゆっくりだ。終始せわしない東京にも、こういうエリアがある。

十時過ぎ、女性がマンションのエントランスから出てきた。再び行確に入る。大塚駅方面に戻っていると、路地から急に荒っぽい運転の自転車が現れ、藤堂は涼しい顔で半身になってかわした。

バス通りを渡り、飲食店が多く連なる商店街を進んでいく。ベトナム料理店が向かい合わせに並んでいて、女性は左手側に入った。

「大塚ってエスニックな街だね」

ここに来るまで、他にも数軒のベトナム料理店があった。

「モスクもあります。十年くらい前はインドカレーの店が多かったですね」

「詳しいじゃん。風俗通い？」

「違います。学生時代、この辺にいたんで。寮があったんです。寮の時は、その部屋に住んでたっていうか、棲息に適した巣にいたってイメージでしたけど」

「殺しに繋がるようなトラブルはあった？」

「あるわけないでしょう」

春香は腕時計を見た。営業開始まであと一時間強か。

「突撃しよ。営業時間になったら、長いこと待たなきゃいけなくなる」

「異議なし」

二人はベトナム料理店に向けて歩き出した。

2

「ある事件について、都内にいるベトナム出身の方にお話を聞いているんです」

春香がベトナム人の男性店主に告げた。

奥の席に座り、四日前の晩に発生したリンダ事件について店主に質問していた。特に何も得られなかった。期待もしていない。本題はここからだ。

「厨房の方にもお話を聞かせてください」

ほどなく、行確した女性が気後れした面持ちで姿を見せた。女性は春香と藤堂の正面におずおずと座った。

「忙しい時にごめんなさい」と春香が切り出す。「お名前を教えてください。まずニックネームで構いません」

「アリアナです」

「ありがとうございます。アリアナさんは技能実習生として、松山の衣笠水産にいらっしゃいましたね」

単刀直入に切り込んだ。春香の経験上、ずばり切り込まれ、真顔で嘘を返せる人間は数少ない。アリアナの顔が強張り、席を立ちかけた。イエスの反応だ。やはり見間違いではない。春香は素早く手をかざした。

「待って。あたしたちにはあなたを強制送還する権限はないし、どこかに報告する気もありません。だから正直に答えてください。交換条件みたいですが」

女性は席に座り直した。

「……なんでしょうか」

「リンダさんをご存じですか。キエウ・ティ・リエンさん」

「はい。少しの間、松山で一緒に働きました」

ティナやジャッキーよりも格段に流暢な日本語で、たどたどしさがほとんどない。

衣笠水産を逃亡したリンダは、先に逃亡していたアリアナと連絡をとったはずだ。これだけ流暢な日本語を喋れるのなら頼りになるし、経験者の助言を受ける意味でも。

「リンダさんが今どこにいるのかを知っていますか」

アリアナは一度唇を結び、開いた。

「知りません」

「最後に会ったのはいつでしょう」

「憶えてません」

春香は藤堂と目配せし、続けた。

「ティナさんをご存じでしょうか」

リンダの元同居人で、春香が上野のエスニック料理店で聴取している。ハンの後、他の同居人にも連絡を入れてくれた。

「はい」とアリアナは短く答えた。

「一昨日、彼女から連絡がありましたよね？　今度はアリアナさんが彼女に連絡をとってみてください。さっきあたしが言ったことが嘘じゃないとわかります。その上で、もう一度質問をします」

アリアナは不承不承《ふしょうぶしょう》電話を取り出した。小声でやりとりしている。響きからしてベトナム語だろう。時折、アリアナは春香たちをちらちら見た。外見の特徴を述べているのかもしれない。

アリアナが通話を終えた。表情の強張りが消えている。春香は微笑みかけた。

「信用できました？」

「はい。ティナはキョウセイソウカンされていません」

「よかった。では、改めて。リンダさんについて教えてください。彼女がどうなったのか、ご存じですか」

「はい。誰かに殺されました。テレビのニュースで見ました」

東京では首都圏のニュースとして流れている。

「あなたはリンダさんが亡くなっている姿を見ましたよね」

アリアナが顔を歪ませた。

「はい……。苦しそうな顔でした」

「もう一度、伺います。リンダさんと最後に会ったのは？」

「四日前の朝です」

「あなたも、リンダさんとティナさんが住んでいた大久保のマンションに同居していたんですか」

「はい、ここ三週間」

「その前は？」

「一緒に住んでいません。たまに携帯で連絡をとりあってました」

「なんで一緒に住むことに？」

「そういう手配があったので」

「Qからですね」

はい、とアリアナは短く応じた。

「Qからあのマンション、『ベル第一コート』に住むよう、リンダさんやアリアナさんに連絡があったんですか。あなたがあのマンションに住みたかったのではなく？」

念を入れて尋ねた。

「住みたいところは安い部屋です。仕事に合わせて、住むところ変わります」

「Qが仕事を手配し、職場がある場所ごとに住む部屋が用意されているのですか」

「ええ、助かります」

住み込みの派遣業務みたいなイメージか。

「百人町のマンションにも、Qの手配で行ったのですか」

「いえ。リンダが殺された後、友だちを頼って。昨晩、大塚のマンションに移動するよう、連絡ありました」

「このお店で働くのは今日から?」

「はい。期間は決まってません」

「あなたも借金返済のために働いているのですか」

「ええ。あと仕送りのためにも。でも、物価は高くなるし、給料は安いし、他の国に行けば良かったです。日本はもっと豊かな国と思ってました」

アリアナがうつむく。

「ほんと、あたしたちも年々暮らしにくくなっていますよ」

本音だ。似た不満を抱えていると表明するのは、共感を得るすべでもある。

「日本は借金をしてまで来る国ではありません。世界にはもっとお金の稼げる国、あります。他の国は危険が多いのかもしれないけど、日本でもリンダは殺されました」

アリアナの語尾がかすれていく。

「衣笠水産にも行かなければよかったですか」

「いえ。お金さえもっと稼げれば、衣笠水産を出なかったです。あそこを出てから色々なベトナム人と会いました。他の実習先では給料をもらえなかったり、実習とは関係ない仕事をさせられたり、ぶたれたり、蹴られたりすることもあったみたいです。だから逃げ出したと。衣笠水産ではそんなことはなかったです」

「Qと会ったことはありますか」

「ありません。やりとりはＳＮＳかメールです。ウェイボーとかテレグラムとか」

テレグラム……。設定によって一定期間でメッセージ内容が自動的に消去できるＳＮＳだ。兇悪な強盗グループのやり取りに使用されて、話題になった。多くの一般企業でも利用しているのだろう。

「Qが誰なのかご存じですか。ベトナム人？　日本人？　中国人？」

「何も知りません」

「リンダさんに、殺されるようなトラブルはありました？　誰かに恨みを買っていた？」

「明るくて、いい人でした。誰かに恨まれるとは思えません。パブのお客さんから毎日電話ありました」

客からも人気があったわけか。

「リンダさんのお客が部屋に来たことはありますか」

「ないです。ドウハンする時、どこかの駅で待ち合わせする、と言ってました」

それはそうか。独り暮らしではないのだ。

「亡くなる日までに、気になることはありませんでしたか」

「……いえ」

「リンダさんが亡くなった日、彼女には予定がありましたか」

「特に言ってませんでした」

「荷物が届く予定は？」

「ありません。誰の荷物も」

鍵がこじ開けられた形跡はない。リンダはドアを開けている。

「同居人以外で、部屋に誰か来ますか」

「新しい同居人が来る場合があります」

「リンダさんが亡くなった日も？」

「そんな予定はありませんでした。そういう時、先にQから連絡があります」

顔見知りが突然訪問したというのも考えにくい。Qの手配で彼女たちは各地を転々としている。

「そろそろいいでしょうか。仕込みがあるみたいで……」

「お時間をいただき、ありがとうございました。ところで、店のお薦めは何ですか」

「さっきメニューを見たら、ブンチャーでした。ベトナム風のつけ麺です。肉が入った甘じょっぱいつゆに、ビーフンをつけて食べます。ベトナムではポピュラーな食べ物で、日本ではあまり見かけません」

「営業前ですが、それを二つ注文してもいいですか」

「店長に聞いてみます」

アリアナは店の奥にいき、一分も経たずに戻ってきた。

「大丈夫です」

「では、一つは大盛りで」と藤堂が大声を発する。

「もう一つも」と春香が付け加える。

アリアナが神妙な面持ちになった。

「リンダ、ブンチャーが大好物でした。みんなで作って食べました……。もう一度、リンダと食べたかったです」

「そうですか」と春香は言った。

アリアナが厨房に向かい、店内に陽気なＢＧＭが流れ始めた。

「期せずしてリンダの大好物を食べることになりましたね」

「供養を兼ねて食べよう」

「聞き込み、俺の出番はありませんでしたね」

「焦らない、焦らない。いずれあるって」

ＢＧＭの二曲目が終わる頃、料理が運ばれてきた。ブンチャーはすこぶるおいしく、大盛りにしておいてよかった。世の中には、まだまだ知らない食べ物が溢れていると実感する。

春香は麺を啜った。口中にバランスのとれた甘みと塩味が広がっていく。藤堂の〝こなもん〟のように、大抵誰しもに好物がある。それをまた食べられると思っていても、実現するとは限らない。

リンダはもうブンチャーを食べられない。未知の食べ物に出会うこともない。

「小麦の麺もいいですけど、米の麺もうまいですよね」

藤堂が満足そうに麺を啜っていた。

五分ほどで食べ終え、店を出た。

「アリアナを行確します？　リンダが玄関のドアを開けた点を考慮すると、ホシは同居人か、ベトナム人ネットワーク内が濃厚です。彼女はどちらにも当てはまります」

「彼女に人殺しができると？」

「まさかあの人が……っていうのは定番でしょう」

「借金を返せなくなるし、仕送りもできなくなる。そうなったら、お国の親族が大変な事態になるのに？」

「彼女だけじゃありません。他の元技能実習生も一緒です」

「それを言うなら、上野と池袋で話を聞いたティナもね」

「アリアナには、衣笠水産というリンダとの共通項があります。松山での因縁を大久保で爆発させたのかも。現状ではティナよりも、アリアナを洗う方を優先すべきでしょう。同居人以外、洗うべき対象者もいませんし」

もっともな指摘だ。

「少し行確してみよっか。長丁場になりそう。トンファーを大盛りにして正解だったよ」

「トンファーは武器です」

「冗談だよ」春香はトレンチコートのポケットに両手を突っ込んだ。「ティナ、ジャッキー、アリアナって三人のベトナム人技能実習生に話を聞いたけど、控えめに言ってもほんと変な制度だよね。日本で稼ぐ金を前提に現地で借金をさせて、人を輸出することを国が推進してるんでしょ。国はお金が入ってくるだけで、痛くも痒《かゆ》くもない。下々ばかりが借金を背負うだけでさ、まあ、ベトナムの事情はベトナムに任せるにしても」

藤堂もステンカラーコートのポケットに手を突っ込む。

「日本でも担当官庁の役人と監理団体は現状を把握してるでしょうね。むしろ、把握してなかったらやばいです。他国の事情という面を差し引いても、向こうに改善を促せないんでしょう。ベトナムで送り出し制度が変わって、日本が得られる人手が減ってしまえば、失点になりますから」

「これぞ役人的怠慢だね。……って、あたしもこはるも偉そうに糾弾できないよね。技能実習制度について何も知らずに生きてきたんだもん。実習生たちがいなくなったら、日本の社会システムはあっけなく崩壊しちゃうんじゃない？」

冷たい風が吹いた。近くのバス通りから排気ガスの臭いが流れてくる。

「せめて自分たちにできる範囲で、できることをしないとね」

「ええ、リンダ殺害犯を逮捕しましょう」

「なんか彼女たちを見てると、人生の不確かさを実感させられる。みんな、固い地面の上に立ち、明日も今日までと同じような一日を過ごせると思ってる。でも、そんな保証なんてほんとはない。明日がちゃんとくる保証なんてさ」

少なくともあたしは——志々目春香は五歳で死んでもおかしくなかった。誰しも似た経験をしているのではないのか。紙一重で命の危機を切り抜けた事実に気づいているかどうかは別にして。

藤堂が真顔になっている。

「急に哲学的ですね。今の一言、やたら胸に染みてくるのが悔しいくらいですよ」

「生きてることに感謝しないと」

「そうですね。でも誰に？　神様仏様に？」

「生きとし生けるものすべてに。ご先祖様と社会システムにも。あたしたちは誰も一人じゃ生きていけないんだからさ」

立つ場所を何度か変え、夕食を抜いて夜十時まで待っていると、アリアナが店から出てきた。手分けして、後を追った。

アリアナはどこにも立ち寄らず、今日から滞在しているマンションに戻っただけだった。一時間後、部屋の電気が消えた。しばらく待っても、誰も出てこなかった。春香たちは新宿署に戻ることにした。

この晩の捜査会議は一時過ぎに始まった。敷鑑班の各組が夜遅くまで行確に入っていたためだ。マルタイが増えると、こんな夜も多くなる。今晩も荒木の姿はなく、正面に中辻がどっかりと座っている。

「まず敷鑑から」と児島が指示する。

春香たちだけでなく、他の組も特段進展はなかった。中辻が腕組みした。

「行確を続けても、らちがあかなそうだな」

「しかし今のところ、他に手はありません」と児島が淡々と応じる。

「各種防犯カメラ映像解析の進捗具合は？」と中辻が問う。

「すべてを分析し終えていませんが、これという人物はまだ浮かんでいません」

「リンダの通話履歴にあった他の連中はどうなった」

「元同居人、勤務先関係者の八割方にあたれました。リンダ事件に関わるような供述はありません。なおマルボウは依然、台東区内の自宅に帰宅していません」

「所属する組にはあたったのか」

「まだです。材料がありません。組員がホシだとしても、吐かせるだけの材料が」

児島の応答に、中辻は鼻から荒い息を吐いた。

「必要に応じて組対に協力を仰ぐか。ちなみに、どんな組だ」

「博徒系の三次団体です」と児島が答える。「最近は産廃にも手を出してるとか。むろん、非合法で。組長は仏事神事と縁起を重んじることで知られてます」

「仏事神事を重んじても、社会に迷惑をかけてりゃ世話ねえな。積んだ功徳《くどく》もご破算だろうに」

中辻はポマード頭をなでつけた。

会議は一時間足らずで終了した。

二日後、向坂組がマルボウの男と接触できた。橋本優哉《はしもとゆうや》。会議で捜査員に写真が一応配られた。

橋本は、リンダが勤めていた錦糸町のパブの客とホステスの関係だった。複数の従業員に裏もとれた。若い組員を運転手にし、送迎させるほど羽振りがいい幹部だそうだ。

「リンダが殺害された当日、橋本はリンダに連絡を入れてますが、同伴を誘うためだったと言ってます。先客があるから、と断られたと」

「橋本が熱を上げてたってわけか」と児島が質す。

「奥の席でよく二人きりになり、小声でなにか話していた――という証言も複数あります」

橋本はあと一歩でリンダを落とせると踏んでいたのだろう。

「錦糸町のパブは橋本の組と関係あるのか」と児島が聞く。

「いえ。純粋な客ですね」

「橋本はここ数日自宅に戻ってなかったよな。どこで何をしてたんだ」と中辻が問う。

「女の家を転々としていたと。典型的な女転がしのマルボウですね」

向坂が物憂げに答える。マルボウには、やたらと女性を口説くのがうまい奴がいる。橋本もその類《たぐい》か。

「オヤッさんは明日、一応その女たちにあたってくれ」児島が言う。「ストーカー行為に出て、リンダを追いかけた形跡はどうだ？　疑いがあれば、条例違反でも何でも引っ張れるだろ」

向坂が肩をすくめる。

「完全にないとは言い切れませんが、リンダが殺された後、橋本は別のホステスを口説いてます。女転がしは一人に固執しないもんです。女転がしにしちゃ珍しく、落とした後も結構面倒をみてるみたいですけどね。どこかに連れて行ったり、飯を食わせたり、なんかを買ってやったり。組長とは折り合いが悪いみたいですよ」

「ふうん」と中辻が乾いた笑い声をあげた。「信心深い組長と女転がしじゃ、さもありなんだな。どっから引っ張ってきた話だ？　ホステスやパブの従業員か？」

「ちょっと昔のパイプをね」

「そっか、オヤっさんは元マルボウ担だったな。女転がしが人殺しはしないわな。深追いする線じゃなさそうだ。それでもアリバイ確認だけやっといてくれ」

中辻は鷹揚に命じた。

はい、と向坂は気怠そうに返事をした。すでに児島に指示されていることを二度も言うなと思っているのだろう。


それから一週間、春香はリンダの元同居人の行確に徹し、映像班は分析にいそしむなど、他組も各々の仕事に取り組んだ。だが、手がかりのないまま、時間だけが過ぎていき、橋本のアリバイも確認された。リンダが殺害されたと思しき時間、北区十条に住む女の部屋にいた。

「転がされた女の証言なんで、鵜呑みにはできませんがね」と向坂は言った。

「女は民間人だろ。証言は証言だ。女が嘘を言ってるっていう反証はあるのか」

「いえ」と向坂は短く答え、あっさり引き下がった。

「なら、橋本の線は消せたと見なそう。これも進展の一つだ。明日以降、他の線も潰していくぞ」

中辻は捜査員に檄を飛ばした。

春香は向坂の後ろ姿を一瞥した。首の骨を鳴らした後、欠伸をかみ殺すように肩をわずかに上下させている。

二日後、リンダの遺体は公費で荼毘《だび》にふされ、遺骨は弟のハンに渡された。故郷の家族が最後の別れもできない死。故郷の家族はどんな思いで、リンダの遺骨と対面するのだろう。春香はやるせなかった。

3

「やっぱ眠たくなってくんね」

「内勤の方が楽ちんそう――って口笛を吹きそうだったのは、どこの誰でしたっけ」

藤堂は呆れ顔だ。

「どんな仕事にも辛い面があるってこと」

春香たちは今日から映像解析の担当になっている。

――担当を代え、新たな視点を入れたい。映像解析は目が疲れるから、なるべく若い人間の方がいい。志々目とこはるはうちの最年少コンビだからな。

児島の発案だ。苦肉の策とも言える。事件発生から二週間が経ち、リンダの元同居人全員にあたれたが、犯人に結びつく手がかりは皆無だった。まだ通報者も突き止められておらず、膠着状態だ。

発生から一ヵ月が経てば、帳場は縮小される。二ヵ月、三ヵ月後もさらに専従捜査員が減る。帳場が縮小されると、『別事件の犯人が自供した』『別事件の捜査過程で容疑者が浮かび上がった』など、ラッキーパンチ頼みになってしまう。戦力が確保されているうちに、なんとか目途をつけたい。捜査員の頭にはお宮入りという語句がちらついている。帳場が縮小されたら、児島係初の事態となる。

――そん時はそん時さ。兵隊時代、何度も経験してる。いつも百点満点をとれる奴なんていないんだよ。どんなに懸命にやっても、赤点をとっちまう時だってある。

児島はこともなげに嘯いていたが、心中は穏やかでないだろう。常勝の児島係という異名の名折れだ。係員の内心も波立っている。少なくとも春香の心は。常勝の二文字は重たくもあり、誇りでもある。

「残りの映像はあと何時間くらいある？」

「ざっと五百時間分です」

「マジ？　ぞっとするね。目が充血しまくり。さ、流して」

春香は画面を見つめる。日本人、東南アジア系、中国系、韓国系。リンダが殺された界隈には多様な人種が行き交っている。大久保という土地柄だろう。車も何台か通り過ぎていくが、ナンバーまでは確認できない。

この日、三本目の映像を流した。一本あたり平均九十六時間ある。誰も通らない時は早送りにしても、相応の時間がかかる。

「みんな、スマホばっか見て歩いてんね」

「だから事故が起きるんです。線路に落ちる人もいるんでしょ」

「人間ってどんどんバカになってるんじゃない？　こはるは松山で、道具の進歩につれて生活が貧しくなっていく観があるって言ってたよね、あれ、賛成。いまや道具を使う側の人間の頭も生活もカスカス。悲劇だよね。ってか、滑稽」

「せめて防犯カメラ映像で、道具の進歩の恩恵に与りましょう」藤堂が手を叩く。「さあさあ、百メートル走のスタート合図を待つ選手のごとく集中です」

映像が流れていく。二本目の映像と角度こそ違えども、中身はたいして代わり映えしない。動きのない時間が記録されているだけだ。

いつの間にか捜査会議の時間になった。進展がないため、今晩から八時開始になっている。藤堂が映像を停止した。春香たちは帳場に向かい、最後列に座った。

重苦しい空気で会議は始まり、膠着状態の確認で終わった。帳場の空気がよどんでしまったようにも思える。

着席したまま首を揉んでいると、出入り口に向かう森下が、春香の脇で足を止めた。

「志々目、行確組を外されてどんな気分だ」

「与えられた仕事を精一杯やるだけです」

「ほざけ。お前は力不足だと判断されたんだよ」

「映像分析も立派な仕事です。解決の糸口になるケースも多いじゃないですか」

森下が鼻先で嗤う。

「ああ。はなから志々目が指命されてたら何も言わんさ。配置転換は、元々の解析担当かお前らのどっちかが期待外れだったって証明だ。解析担当だったのはシマさんだろ。ウチの腕利きのベテランだ。となると、誰が期待外れだったのかは言わずもがなだろ」

「同じ映像を異なる目で見るのも大事でしょう」

「口だけは達者だな。常勝軍団に入りたい奴はいくらでもいるんだ。いまは志々目も児島係の一員だ。忘れんなよ」

代わりなんていくらでもいる、と言いたいのか。森下は大股で去っていった。

「自分だって何の情報も取ってきてないくせに。ハンの調べ担当だって、俺たちがハンを割ったおかげなのに」

藤堂がちくりと腐す。

「あれは何か握ってるね。会議で報告しないだけで」

「なるほど。森下さんは上昇志向が強いからなあ。あの人が上司になったら、殺伐としますよ。ただでさえ、楽しめない職場だってのに」

「誰かが犠牲になったり、哀しんだりしてるのに仕事を……捜査を楽しむなんてできないよね。因果な商売だよ、ほんと。ちなみにあたしにも上昇志向はたんまりあるからね、あしからず」

「おっと、そうでしたね。野心満々の人ばっかの職場って、いまどきあんまりないでしょうね」

「自己保身に走る連中が集まってるよりましでしょ」

今度は向坂が春香たちの前で立ち止まった。

「お嬢もこはるも目を皿にして、俺たちのために糸口を見つけてくれや。外はどんと任せとけ」

向坂はにやりと笑い、藤堂の肩を二度叩いて帳場を出ていった。

「オヤっさんも妙に余裕ですね。なんか摑《つか》んでるんでしょうか」

「だとしても不思議じゃないよ」

森下も向坂も手元に止めた情報をもとに、秘密裏の捜査に向かったのではないのか。あの二人が常勝の名を簡単に諦めるはずない。他の係員も三々五々散っていくが、家路ではなく、独自の捜査に乗り出しているのではないのか。春香の胸の奥底はにわかに熱くなってきた。

「二人……他のみんなに遅れをとりたくないね」

「もちろんです。特に森下さんには」

「残業しよう」

「了解。ってか、うちのカイシャに残業なんて概念があるんですか」

「あ、ないね」

手応えのない時間が続いた。午前零時過ぎ、四本目の防犯カメラ映像を流した。誰も映っていない時間を藤堂が早送りしていく。人物が画面の右から現れた。男性だ。服装からして日本人。

藤堂が少し巻き戻し、映像を再生する。

男性が画面の右から左に歩いていく。映像は薄暗く、顔ははっきり見えない。左右で異なる腕の振り方、体の揺れ方……。

春香の脳裡に光が走った。

「ストップ。もう一回、今のところを再生して」

「俺も提案しようと思ったところです」

藤堂が映像を巻き戻し、再生する。男の腕の振り方、体の揺れ方、歩幅……。春香は瞬きもせず凝視した。

「もういいよ。止めて」春香は画面に顎を振り、藤堂を見た。「衣笠さんだね」

「ええ、間違いないでしょう。あの歩き方に見覚えがありますので。腕の振り方でぴんときました」

人間は一人一人歩き方が異なる。たとえ同じ背格好でも、骨格や筋力、手足の長さ、育った環境が違うためだ。歩き方で映像の人物を特定する時代がすぐにやってくるだろう。春香も人と会った際は、自ずと相手の歩き方に注意が向く。

「偶然にしてはできすぎですよね。リンダに会いに来たのでしょうか」

「リンダの通話履歴に衣笠さんの番号はなかったでしょ。水産加工品の取引会社が近くにあるとか」

「大久保に？　絶対ないとは言い切れませんけど」

「衣笠さんが歩いてたのは――」春香は画面右下の表示を見る。「午後七時か。リンダの死亡推定時刻は午後八時だったよね」

「はい。色々話していれば、一時間なんてあっという間です。偶然現場付近で再会して、リンダたちの部屋にあがったんでしょうか」

「却下。同居人と暮らす部屋にあがらせる？　話があるなら外でする。お金がなくても喫茶店でコーヒーを頼むくらいはできる。多分、それくらい衣笠さんが払うでしょ。明日揺さぶってみよう。方法は任せて」

「遠慮なくお任せします」藤堂はスマホをポケットから取り出し、検索した。「午後七時だと、飛行機だと松山行きの最終がすぐに出ちゃいますね。新幹線を使ってもこの日、衣笠さんは松山に戻れないはずです」

春香は椅子の背もたれに体を預けた。椅子が軋む。

「成果があったね。オヤっさんと森下さんに負けずにすむかも」

「明日の会議で報告するんですか」

「まさか」と即答した。「衣笠さんが何て言うか次第で、もう一回松山に行かせてもらえるよう、オジさんに直談判しよう。税金の無駄遣いだけど、仕方ない。衣笠さんは嘘を吐いてたんだから。『東京にはしばらく行ってない』って」

藤堂が眉根を寄せる。

「捜査一課の刑事二人がまんまと欺かれましたね。森下さんに嫌みを言われます」

「嘘を見抜く力には自信があるんだけどな。日頃から嘘を吐きまくってるのか、よほど腹を据えてあたしたちと対したのか」

衣笠がここまで事件に絡んでくるのは予想外だった。直近の人間関係が事件に関わってくると思っていた上、リンダの逃避行や行動を知る人物を洗い出す段階だったにせよ、してやられた。

「今日はお開きにして、明日に備えよう。お腹空いたね。ラーメン行く？」

「いいっすね」

「ついでに現場にも行こうか。現場百遍って言うし、衣笠さんがあそこにいた理由が他にもあるかも。大久保のラーメン屋にしよう。やってる店がどっかにあるっしょ」

歩いて移動し、大久保駅近くで醤油ラーメンを食べ、現場に向かった。道すがら視線を巡らす。シャッターは閉まっていても、韓国系やネパール系などエスニックな店が多いのはわかる。このどこかに衣笠水産が販路開拓をしているとは思えない。

「現場百遍って、真実なんですかね。実践しても、今までいいことがあった試しがないんですけど」

「験担《げんかつ》ぎや迷信の面もあるでしょ。橋本と折り合いが悪いっていう、例のマルボウの親分を笑えないよね。とはいえ、ちゃんと意味もあるんじゃないかな。知識が増えるにつれて、街とか社会の見え方って変わってくるでしょ。あれと一緒で」

「確かに。衣笠さんがこの辺を歩いていたって情報を念頭に置き、いま街を見てますもんね。あ……」藤堂が控えめに前方を指さした。「森下さんコンビです。現場のマンション前にいます」

「ほんとだ。聞き込みかな」

あの『ベル第一コート』は、夜中に帰宅する住民も多い。何回も通うことで話をしてくれる人もいるだろう。中辻や児島から再度洗う指示は出ていない。森下は自主的に行っているのだ。手持ちのカードと関係があるのか、現場百遍の基本に立ち返ったのか。

「気になるけど、戻ろう」

競り合い、出し抜き合う相手であっても、他コンビの邪魔をしないという最低限の暗黙の仁義がある。

春香たちはきびすを返した。

翌朝、帳場には児島と内勤班の三人がいた。四人は窓からの陽を浴びている。児島たちに会話を聞かれないよう、春香と藤堂は屋上に出た。快晴で、淡い朝の陽射しが降り注ぎ、西新宿の高層ビル群を吹き抜ける風が肌に心地よい。

春香は衣笠水産に電話をかけた。受付の女性が出て、衣笠に繋いでもらった。簡単な挨拶を交わした後、春香は続けた。

「衣笠水産の商品を、都内だとどこで購入できますか。どうしても食べたくなって」

「どうもありがとうございます。あいにく、都内には卸しとらんのです」

「付き合いのある業者さんもありませんか」

「うちは関西圏が中心でして。東も名古屋までなんです」

「残念。では、近々衣笠さんが東京にお越しになる予定はありませんか。どこかで落ち合って購入できれば」

「ごめんなさい、上京の予定はないんです」

そうですか、と春香はさりげない調子で続ける。

「そうか、東京にはあまりお越しにならないんでしたよね」

「ええ、遠いんで。ごみごみしとって、人も多いですし。住んでいる方には申し訳ない言い方になってしまいますが」

「東京も意外といいとこですよ。最後にお越しになったのはいつ頃です？　東京オリンピックの前ですか後ですか」

少し間があった。

「多分、前だと思います。住所を教えていただければ、商品を見繕って送りますよ」

リンダが殺害された日、東京にいたとはやはり言わないのか。

「申し訳ないので。何かの折に松山に赴いた際、立ち寄らせてもらいますよ」

「そうですか。お待ちしとります」

通話を終え、春香は携帯をポケットにしまう。

「志々目さんも役者ですね」と藤堂がにやにやしている。

「魚介製品を食べたいのは本音。乾き物とか蒲鉾とか揚げ物とか、ほら、松山で食べたじゃこカツもおいしかったじゃん」

「どうりで嘘くさくなかったわけだ」

「あたしは一つも嘘を吐いてない。オジさんとこに行こ」

帳場に戻り、児島に声をかけた。内勤班に聞かれたくないので、小さな会議室に入った。

「なんだ、秘密のお宝でも発見したのかよ」

「近いかもしれません」

春香は口元を緩め、防犯カメラ映像に衣笠らしき人物が映っていたこと、衣笠が嘘を吐いている可能性が高いことを手短に伝えた。

一つ唸り、児島は腕を組んだ。

「念のため、指紋が欲しいな」

殺害現場には複数の指紋が残されている。

「任せてください。手はあります」

「やけに威勢がいいな。なら、松山に飛んでくれ」

「リンダが殺害された日の前後で、航空会社への搭乗者照会をお願いします」

「やっとく。いくら衣笠が容疑者や重要参考人じゃなかったとはいえ、刑事二人を騙すなんぞ、衣笠は本当に素人なのか？　志々目もこはるも目を瞑《つぶ》ってたんじゃないだろ」

「言い訳はできません。面目ない限りです」と春香は素直に答えた。

「しっかり挽回しろ。これ以上、税金泥棒にならないようにな。二人が松山に行ってる間、映像チェックはこっちで潰しておく」

児島が立ち上がった。さっさと行け、という合図だ。

4

午前十一時半過ぎ、松山市内は快晴だった。前回同様に空港でレンタカーを借り、衣笠水産に向かって進んでいく。空港ではクリスマス仕様の赤と緑の飾りが所々に見受けられたが、衣笠水産への道では冬らしい葉の落ちた木々が出迎えてくれた。

「リンダ事件、衣笠さんがホシですかね」

「動機が微妙。逃げた元浮気相手をわざわざ東京まで追いかけて殺す？　それならストーカーっぽい動きが誰かの目についてるでしょ。リンダも周囲に相談してるはず。少なくとも弟には。あと未練もなにも、何人も浮気相手を作ってきたんだから、また作ればいいだけじゃん。技能実習生は次から次に来るんだし。いけすで魚を釣るようなもんでしょ」

「奥さんにバラされたとか」

「バラされたとしても、リンダを殺したって何の解決にもならない。むしろ危険を背負い込むだけ」

「ですね。今回は奥さんに不倫の件もぶつけます？　前回は気を遣って奥さんに聞いてませんので」

「衣笠さん次第かな。肝心なのはあの人を洗うことなんだから」

道路から時折見えるみかん畑の間に柿の木があり、その実を都心では見かけない小鳥がついばんでいた。

約一時間後、衣笠水産に到着した。潮風が冷たく、温暖な瀬戸内海といえども本格的な冬は寒いのだろうと想像させる。事務所に顔を出すと、受付の女性がいた。衣笠を呼んでもらった。

作業場からゴムの前掛けをした、衣笠が出てきた。右腕を大きく振る、例の歩き方だ。春香は一礼した。

「また松山に用事があったので、せっかくなので来ました。商品、買いたいんですけど」

「ずいぶん急やね……。朝の電話ではそんなこと一切おっしゃっとらんかったのに。何かあったんですか」

衣笠は目を丸くしているが、声にも表情にも緊張感はない。東京にいたことを悟られたとは考えていないらしい。

「こういうの、よくあるんです。警官っていきなり全国各地に行かされるんですよ。近海物の干物や練り物を宅配便で。乾き物は持って帰ります」

「どうぞこちらに」

衣笠の後ろ姿を注意深く観察した。事務所に来た時も思ったが、間違いない。映像の歩き方とまったく一緒だ。

作業場の奥にコンテナがあり、商品を一時保管しておく巨大な冷蔵庫だった。

「かなり温度が低いんで、北極に行くような気合いを入れてください」

衣笠が冗談めかした。冗談を言う人なんだ、と春香は思った。

凍えつつも、タイ、アジ、サバ、アナゴ、カマスの干物を選び、衣笠が各パックを発砲スチロールの箱に手早く詰めた。事務所に戻って箱に封をし、春香は宅配便の送り状を警視庁捜査一課宛てで書いた。

「警視庁？　ご自宅ではなく？」

「職場でも干物を焼くくらいはできるんです。寒くなると、無性に干物が食べたくなりますよね。熱燗《あつかん》と合わせて。ちょっとしたパーティーになりそうです」

続いてカワハギ、イワシ、タコの乾き物、かまぼこ、じゃこ天を選び、春香は大きな透明ビニール袋を広げた。

「この中に入れていただけますか」

「大きな袋ですね」

「鑑識用の袋です。買い物袋として持ち歩いてて。丈夫で、水漏れもしないので」

衣笠が乾き物を鑑識用の袋に入れてくれた。こちらは手荷物で持ち帰る。

「その後、何か思い出したことはありませんか」

「いえ、何も」

「何か思い出したら前回お渡しした名刺の番号に連絡ください。ついでなので、ジャッキーさんにも、一応またお話を伺わせてください」

「承知しました。ソファーセットの方でお待ちください。呼んできます」

衣笠は受付の女性とともに事務所を出ていった。藤堂が顔を寄せてきた。

「歩き方、ばっちりでしたね。我々に東京にいたことを気づかれなかったと考えていても、余裕すぎません？　東京にいた事実を忘れたってことはないでしょう。警察に嘘を吐いた後ろめたさはあるだろうに」

「そうなんだよね」と春香は腕を組んだ。「普通、ちょっとは焦るよね。こっちの動き方に何の不信感も持ってないのかな。不倫のことをまた持ち出されるかと身構える様子もなかったしさ。警戒心や猜疑心が極端に薄いのか、根っからの能天気なのか。リンダ事件とは無関係ってことも示してんのかな」

ドアがノックされ、ジャッキーが事務所に入ってきた。春香と藤堂は会釈し、ジャッキーは二人の前にこぢんまりと座った。

「あれから何か思い出しましたか。何でもいいので」と春香が切り出す。

「ゴメンナサイ、何も」

「そうですか」藤堂が温和な表情で割り込んできた。「作業には衣笠社長もご一緒なんですか」

「ハイ。いつもみんなでやります」

「じゃあ、途中で一人でも抜けてしまうと作業効率が落ちますね」

「とても大変デス」

ここは任せよう。

「衣笠社長はお忙しいでしょうから、よく作業から抜けないといけないんじゃ？」

「たまに。みんなでカバーします。社長、一日中いないのはあまりないデス」

「衣笠社長は作業中、冗談を言ってみんなを和ませているのでしょうね」

「社長、冗談？　聞いたことないデス」

「業者の人に対しても？」

「たぶん」

あの余裕、衣笠が能天気ゆえという線を消せるのか。あるいはジャッキーの日本語能力で理解できないだけなのか。

そうですか、と藤堂は表情も声も変えずに続けていく。

「いつもより多く仕事をする時、給与は少し上がるんですか？」

「イイエ。でも、奥さん、『お疲れさま』ってジュースとかお菓子をくれます」

「優しいですね。最近だと社長がいなかったのはいつ頃ですか」

「二週間くらい前……デス。昼に出かけて、次の日に戻ってきました。リンダ、殺した人は捕まりました？」

「残念ながらまだです。頑張ります。お忙しいところ、ご協力ありがとうございました。衣笠さんを呼んでいただけますか」

ジャッキーが事務所を出ていった。

「二週間くらい前となると、事件発生日の頃と重なりますね」

「だね。おまけに不在は日を跨《また》いでる。急に質問役になりたくなった？　活躍したくなっちゃったとか」

「野心満々の人に言われたくないですね。活躍したくない人間なんていないでしょう」藤堂がおどける。「前回、彼女は志々目さんを見る時と俺を見る目が違ってたんです」

「まじ？　そういや、ティナさんもこはるのことをよく見てたよね。ベトナムに移住したらモテモテかもよ」

「一考に値します」

衣笠が事務所に戻ってきた。

「お邪魔しました。息子さんのテストはいかがでした」と春香は訊いた。

「おかげさまで、なんとか無事に乗り切れたようです。妻は夜食を作ったり、尻を叩いたりしとりましたが、私は何もしとりません。息子には私より妻の方が必要なんでしょう」

「息子さんのテスト、無事に終わってなによりです。干物、食べるのが今から楽しみですよ」

最後まで衣笠の振る舞いにぎこちなさはなかった。


四時の飛行機で東京に戻り、警視庁の捜査一課部屋で児島と合流し、鑑識に乾き物と練り物が入った袋を渡した。

「志々目もこはるも税金泥棒にならずに済んだな」

児島がにやりと笑う。三人で新宿署に赴き、春香と藤堂は映像分析に戻った。慌ただしい限りだ。

午後八時、部屋がノックされ、児島が入ってきた。

「ビンゴだ。簡易検査で、殺害現場の指紋の一つと一致した。鑑識の話だと、覆る可能性はゼロじゃないが、限りなく百パーセント本人だと」

「後はリンダ殺害の日に、衣笠さんが部屋を訪問したかどうかですね」

「訪問したとしても――」と藤堂が言う。「話をしただけかも」

「搭乗名簿に衣笠の名前はなかった。新幹線とか在来線を乗り継いだんだろう。映像だけで、引っ張るのは厳しい。今晩の会議で報告してくれ。こいつは囲い込むなよ」

　春香が肩を大きく上下させる。

「囲い込みたくても無理ですよ。松山に行った事実は内勤班も知ってますから」

「他の先輩方は囲い込んでないんですか」と藤堂が探る。

「さあな。あいにく俺が興味あんのは誰がホシを挙げるかじゃない。事件を解決できるかどうかでな」

　児島はさらりと言った。囲い込まれている情報があるに決まっている。特に森下と向坂の手元には。

「新幹線といえば、通報者はどうなったんですか」と藤堂が尋ねる。「足取りは摑めたのでしょうか」

「新大阪でぷつりと切れたままだ」と児島は肩をすくめた。

「Qは？」と今度は春香が聞く。

「なしのつぶて。組織なのか個人なのかもわからんままだ」

九時、今晩の捜査会議が始まった。今日もポマード頭が光る中辻が正面の席に座り、児島が仕切り役だ。春香と藤堂は最後尾に並んで座った。

「まず志々目。報告をしてくれ」

春香は映像に衣笠が映っていたこと、リンダ殺害現場から衣笠の指紋が検出されたこと、東京には行っていないと供述していることを簡潔に述べた。

「志々目が突如現れた際の衣笠の反応は？　怯えていたり、緊張感が滲んでいたり」

中辻の問いかけに、春香はわずかに首を振った。

「特に何もありませんでした。指紋がリンダ事件当日についたとは限りませんし、何度も部屋を訪れているのかもしれません」

「任意同行するにはまだ少し弱いか。だいたい動機は？」

「現段階では何とも」と児島が応じる。

ちょっといいですか、と向坂が手を挙げた。

「どうした、オヤっさん」と児島が目を向ける。

「いえね、今日リンダの元同居人の男から妙なことを耳にしましてね。ハンが発見する前に、リンダの遺体を見ていたって言うんですよ」

「なに？」中辻が声を鋭くした。「なんでそいつは今日まで黙ってたんだよ」

「第一発見者になれば、イヤでも警察と接触する確率が上がります。それを嫌ったと。接触しても俺たちが入管に伝えないのを意気に感じ、明かしてくれたそうです」

「どんな状況で見たと言ってんだ」と児島が促す。

「七時半過ぎにドアを開けた時、衣笠がいたと言ってます。衣笠はドアに背中を向けてたそうですが、寝ているリンダの体に手をかけてたのが見えたってんです。その元同居人も衣笠水産で働いてたので、衣笠を知ってます」

「背中越しに衣笠だと現認できた？　解せんな」と中辻が首を傾げる。

「ドアが開く音で、一瞬衣笠が振り返ってきたそうです。衣笠は真顔のまま、見られても慌てず、リンダに向き直ったと。元同居人はリンダと衣笠との浮気関係を知っていたので、ドアを閉めて出て行ってます」

「リンダは生きていたのか？　動いていたのか？　声は？」

中辻が矢継ぎ早に質問を飛ばす。

「わからんそうです。知り合いが焼けぼっくいに火が点いて、今からセックスをおっぱじめるかもしれん時です。そりゃ、黙ってドアを閉めますわな」

「真顔でセックス？」中辻が眉を寄せる。「人によるが、見られた照れ隠しに無表情を装ったのかもしれん」

満面の笑みでのセックスもないだろうに。しかも、いざという時にリンダも衣笠も鍵を閉め忘れるだろうか。

いずれにしても、と児島が話を継ぎ、中辻を見据える。

「この目撃情報は大きい。衣笠を任同するには充分な理由でしょう」

「ああ。明日松山に行け」

「志々目と藤堂」と児島の声が飛ぶ。「連日になるが、よろしく。二人で手は足りるか」

「問題ありません」と春香は答えた。

逃亡の恐れも、暴れることもないだろう。

「衣笠の交友関係者や家族の写真を出してくれ。共有しよう」

児島に言われ、春香はひな壇に写真を持っていった。やむをえない流れだ。

捜査会議は続き、各捜査員の報告があった。他の糸口はなかったが、帳場の空気は昨晩までと違い、少し緩んでいる。新宿署員の顔には早くも安堵の色さえ浮かんでいる。

会議が終わり、藤堂がパイプ椅子の背もたれに寄りかかった。

「明日も松山なら、向こうで一泊したかったですよ。銘酒も堪能できたでしょうに」

「交通費より宿泊費の方が安そうだもんね」

捜査員が春香たちの横を過ぎていき、真顔の森下がやってきた。

「志々目もこはるも、いい気になるなよ。勝負はこれからだ」

森下は無愛想に言い、足早に去っていった。

「なんとかの一つ覚えの負け惜しみ……には聞こえませんでしたね」

「衣笠さんの犯行を決定づける証拠は何もない。勝負はこれからってのは事実だよ」

今度は向坂が寄ってきた。

「お嬢もこはるも連日松山までご苦労さん」

「仕事ですので。オヤっさんが引っ張ってきた情報が、任意同行に結びつきましたね」

「お嬢のお役に立てて、爺は嬉しいよ。衣笠をこってり絞ってくれ。現場は俺たちに任せな」

向坂は口元を緩め、帳場を出ていった。

「手札、さっきの目撃情報だけじゃなさそうだね」と春香は声を落とした。「オヤっさんも手柄に飢えた人だもん。あんな朗らかな顔であたしたちに接してこられるはずない」

「同感です。でも、我々は我々の役目を果たし、結果を出し、森下さんとオヤっさんに吠え面をかかせてやりましょう」

「言うじゃん」

「見せ場がないもんで、口くらいは」

藤堂は苦笑した。


翌日、春香と藤堂は松山市に飛んだ。任意同行を求めると、衣笠は素直に応じた。

「荷物をまとめますんで、三十分ほどお待ちを」

「衣笠さんがいない間の、お仕事の段取りも引き継いでおかれるとご安心かと思います」

そのまま逮捕もありうる。

「ご心配、ありがとうございます。大丈夫ですよ、妻がうまくやってくれます」

衣笠は今日も落ち着き払っている。警察に行くとなると、犯罪に関わっていなくても誰だって緊張するものだ。この落ち着きは何だろう。春香には見当がつかなかった。

四章　黙秘

1

「十一月二十四日、リンダさんらが暮らした、新宿区内のマンションに出向きましたか」

「はい」

　衣笠は短く答えた。無表情ながらも眼差しは鋭く、眼光に強い意思を滲ませている。春香は質問を続ける。

「以前、そのことを話していただけませんでしたね」

「黙秘します」

「リンダさんがあの部屋に暮らしていたことを、どうやって知ったのですか」

「黙秘します」

「何をしにリンダさんの部屋を訪問したのでしょうか」

「黙秘します」

「リンダさんとの不倫関係を復活させるためですか」

「黙秘します」

「そもそも東京に来た目的は？　都内に取引先はないとおっしゃっていましたよね」

「黙秘します」

取調室に沈黙が落ちた。春香の隣では藤堂が息を殺している。呼吸音ですら調べの邪魔になるかのように。

「衣笠さんがリンダさんの部屋を訪れた際、彼女はどんな様子でしたか」

「黙秘します」

「部屋の鍵は開いていましたか」

「黙秘します」

「リンダさんがドアを開けたのですか」

「黙秘します」

「リンダさんと会っている場面を、誰かに目撃されましたか」

「黙秘します」

「リンダさんが衣笠水産を離れて以来、何度彼女に会いましたか」

「黙秘します」

「リンダさんが殺された、と初めて耳にした際、何を思いましたか」

「黙秘します」

かわいそう、哀しい――とも言わないのか。衣笠が犯人だとすれば、言えるはずもない。裏返せば、そう述べれば心証が良くなるというのに。

腕時計を一瞥した。一時間近く、こんなやりとりを繰り返している。衣笠はリンダの部屋に行ったことを認めた以外、黙秘で通している。

警視庁の取調室で対峙していた。新宿署には記者が張っているためだ。

「黙秘は衣笠さんの権利です。とやかく言うつもりは毛頭ありません。しかし、ここまで黙秘するのなら、任意同行に応じず、断ればよかったんです。今頃不毛な時間を過ごすことなく、お仕事に専念できたのに」

「黙秘します」

「任意同行が不本意でしたら、弁護士を呼ばれますか」

「いえ」

久しぶりに『黙秘します』以外の言葉を聞けた。

「話を伺うのがあたしでない方がいいのなら、同席者を含め、別の者と交代します。いかがしますか」

「志々目さんと藤堂さんで構いません」

あたしたちに反感を抱いているのではなさそうだ、と春香は確認できた。

「では、改めて伺います。リンダさんの部屋を訪問された理由は？」

「黙秘します」

衣笠は淡々と言った。

午後九時。春香は帳場に集う捜査員の視線を一身に浴びた。彼らは体ごと最後尾の春香に向いている。

「以上のように、衣笠氏は黙秘を貫いています」

春香は座った。捜査員たちは溜め息を押し殺している。

「リンダの直近の通話履歴に衣笠の番号はなかったよな。以前、リンダを追いかけ回した節はあるのか」

児島が問い、担当捜査員が立ち上がる。児島係の一員だ。

「衣笠はリンダの番号に二年以上、かけていません。具体的には、リンダが衣笠水産を出た二週間後から今日までです。雇用主としても浮気相手としても、失踪後二週間はリンダと連絡を取ろうとしたのでしょう」

「元同居人の誰かが、衣笠にリンダの居場所を連絡した線は？」と再び児島が問う。

児島は今日、その点を洗うよう手配した。春香はそう聞いている。

ありません、と各同居人担当者が口を揃えた。

「現実的に考えてだな」と中辻が荒っぽい声で言う。「衣笠がどこからかリンダの居場所を聞きつけ、会いに行ったのは間違いない。単純に殺しに行ったとは思えん。市議出馬の話がくるような地元の名士で、家族もあり、殊に息子さんはエリート校なんだろ。自分のせいで息子の将来をふいにするバカじゃないだろう。リンダに未練があったとしても、わざわざ殺すまでもない」

「結果的に殺した線はあります」と児島が冷静に述べる。

「まあな」中辻が憤然と鼻から息を吐く。「衣笠とリンダに、浮気相手という以外の要素でのトラブルは浮かんでないのか」

捜査員は黙した。春香は視線を巡らす。森下は腕組みして天井を仰ぎ、向坂はシャツのボタンを指で弄んでいる。他の児島係の面々も何も言わない。

「明日以降、何か摑んだら即行で帳場にあげてこいよ。衣笠を吐かせる突破口になるかもしれん」

中辻が檄を飛ばした。

「志々目、明日も頼むぞ」と児島が言った。

任意の取り調べなので、明日以降の時間をもらえるよう、衣笠には話を通している。

「明日も取り調べ担当官は代わらずで?」と新宿署員でもっとも年嵩の男が問う。

「ああ」児島が応じた。「何か不満でも?」

「そういうわけじゃあ……」

年嵩の新宿署員は口を曲げた。春香の実力不足を疑っているのだ。取り調べ方がぬるいのではないかと。だったらアンタがいまここで立候補すれば？　春香は口から文句がこぼれ出そうだった。児島係の面々の顔には、新宿署員のような疑念の色はない。だが、児島係の無表情は余計心にこたえる。

衣笠はかなり硬い殻をまとった。誰が相手でもあの態度は崩れないだろう。松山では人のいい、普通の中小企業経営者だったのに一変した。冗談までみせた、あの余裕が不気味に思えてくる。これだけ黙秘を続ける以上、警戒心がなかったはずない。

捜査会議が終わり、森下が歩み寄ってきた。

「志々目に落とせるのか？　交代するなら早めに申し出ろ。みんなが迷惑する」

「寝言は寝ている時にどうぞ。森下さんは森下さんのすべきことをしてたらどうですか。衣笠さんが話さざるをえないような情報を取ってきてください」

「ほざけ」

森下は冷淡に吐き捨てて帳場を出ていき、相勤の若い新宿署員がその後ろをくっついていく。

「いつもながらむかつきますね」と藤堂は眉を寄せた。

「腹を立てても仕方ないよ。ああいう人だし、衣笠さんの聴取がうまくいってないのは事実なんだから」

続いて向坂が大股でやってきた。

「お嬢、男を落とすのは得意だろ」

「あたし以外に言ったら、セクハラでアウトですよ」

「そんだけ意気盛んなら問題なさそうだな」

「一日落とせなかったくらいで、あたしが意気消沈するとでも？」

「カッカッカ」向坂は豪快に笑った。「その調子で頼むぜ。俺たちは常勝の児島係だ。名を汚すような真似はしてくれんな」

　向坂が帳場を去っていき、春香は腕を組んだ。

「明日あっさりと衣笠さんの口を割ったらカッコいいよね」

「やってやりましょう」藤堂が首を鳴らす。「衣笠さんは警察に聴取されることについて、とっくに腹を括ってたんですかね。だから二回目に行った時は冗談も飛ばせ、今日行った時も妙に落ち着いてたのか」

「証拠なんか出てこないと？　でも現に指紋は現場にあったし、リンダと一緒にいたところの目撃証言もある。だからって犯行そのものを立証できるわけじゃないけど、傍証としてはかなり強力だよ」

「何もないなら黙秘じゃなく、何もなかったと説明するべきでしょう」

「あたしたちを固定観念の塊と認識してて、何も言わないのかも。昔、警察と何かトラブって嫌な目にあったとか」

「なら、そんな相手に冗談なんて言いませんよ。もっと喧嘩腰になるでしょう。海産物を買いに行った時もあんな態度ではなかったはずです」

　確かにそうか。衣笠の沈黙には何が隠れているのだろう。


　二日目も三日目も、衣笠は「黙秘します」の一言ばかりだった。聴取四日目の昼、取調室のドアが静かに叩かれ、新宿署にいるはずの児島が顔を突っ込んできた。

「志々目、ちょっと」

取調室を出て、ドアを閉めた。

「衣笠の奥さんが警視庁に来てる。志々目をご指名だ」

2

衣笠奈緒が深々と頭を下げた。春香も頭を下げる。一般的な応接室に彼女を通し、向かい合わせのソファーで相対していた。衣笠の取り調べは一旦、休憩中だ。

衣笠奈緒がすっと顔を上げる。

「お忙しいのに時間を割いていただき、恐れ入ります。夫と会いたいのですが、何時頃なら可能でしょうか」

「夕方には」

衣笠は現状では容疑者ではなく、夜、新宿署や警視庁の留置所にいるわけではない。ホテル代は衣笠が払っている。ホテルには毎晩、捜査員がさりげなく張り込み、念のために逃亡を監視している。

児島によると、衣笠奈緒はまず捜査一課に電話をし、東京に出てきたので春香と話したい――と言ってきたらしい。名刺を渡したので、春香宛てに電話をしてきたのか。

「東京には本日お越しに？」

「ええ、先ほど」

「昨晩まで衣笠さんと電話で話をされてないのですか」

していれば、何時頃に体が空くのかを伝えられる。

「何度かしました。『心配するな、そっちは任せた』と申すばかりで……。主人は何か容疑をかけられとるんですか？　志々目さんが松山にいらした際の、リンダの件で？」

「衣笠さんには何の容疑もありません」今のところは、という一言は呑み込む。「こちらの質問にお答えいただけず、時間がかかっているんです」

取り調べ状況を外部に明かすのは御法度だ。しかし今晩、衣笠奈緒はどうせ状況を知る。この程度を伝えるのは問題ない。

「衣笠さんが何も語りたがらない事情をご存じですか」

「いえ」と衣笠奈緒は言葉少なだ。

「衣笠さんがここ一ヶ月の間に、東京に来たかどうかご存じですか」

「いえ」とやはり短い返事だった。

生活も職場も一緒とはいえ、四六時中監視しあっているわけでもないだろう。東京―松山間なら日帰りもできる。会社を離れる口実なんて適当に言い繕えばいい。そもそも衣笠は不倫をしてきたのだ。妻に目的を隠しての宿泊を伴う外出も、お手の物だろう。つまり、演技もお手の物？　いや、浮気を周囲に察せられてしまうほどだ。感情を取り繕うのは下手なはず。松山での態度は素だったのか？

「東京にいらしたとすれば、どんな用事だったと思われます？」

「卸先の開拓……でしょうか」

「そういう話を最近されましたか」

「しとりません」

「ご主人に東京の知り合いは？」

「学生時代の友人は数人いるはずですが、年賀状でやりとりする程度なので、わざわざ会いに来るとは思えません」

交友関係を洗う組の報告と一致している。

「夫はいつ松山に戻れるのでしょう。業務が色々と滞っていて……」

「きつい言い方になってしまいますが、衣笠さん次第としか申し上げられません」

ドアがノックされた。どうぞ、と声をかけると藤堂が入ってきた。

「お茶を持ってきました。同席させてください」

藤堂がお茶を二人の前に置いた。春香は衣笠奈緒に向き直った。

「衣笠さんがどんなご事情を抱えているにせよ、我々は殺人事件の捜査をしております。奪われた人間の命を扱っているのです」

「志々目さんたちのお仕事はとても大切ですが、わたしたちにも生活があります。生きている人より、死んだ人の方が大事なのでしょうか」衣笠奈緒は顎を引いた。「夫はリンダを殺していません」

「あたしたちもそう確かめたいんです」

「ちょっといいですか」と藤堂が入ってきた。「奥さまは衣笠さんが何も語らない事情をどうお考えで？」

「先ほど志々目さんにも申し上げましたが、事情は知りません。リンダを殺していないから、何も答えられないのではないでしょうか」

「私も志々目も、『衣笠さんがリンダさんを殺害したのですか』という質問はしていません」

「疑われていると考え、何も言いたくないと思っているのでは？」

「だとすれば、我々が未熟なせいです。衣笠さんは奥さまの問いかけにだんまりを決め込んだり、何も語りたがらなかったりしたことはありますか」

衣笠奈緒は居住まいを正した。

「ありません」

「ならば、我々が未熟なせいという線は消えます」藤堂はきっぱりと言い切った。「我々警官は質問のプロです。未熟者はいますが、素人の奥さまよりは腕がある。奥さまの問いかけに答えなかったことがないのに、私たちの質問に答えないのは妙です」

「うぬぼれでは？　警察は昨今、誤認逮捕や不祥事も多い。ニュースでよう観ますよ」

衣笠奈緒の語気はかなり鋭い。先ほどは『生きている人より、死んだ人の方が大事なのか』という問いかけもあった。他人事《ひとごと》として見れば、警官への強い物言いに違和感を覚えるかもしれない。だが、我が事と捉えれば、納得もいく。自分たちの生活を守るため、必死になるのは当たり前だ。一人の人間としても、職業人としても理解できる。もっと激しい言葉をぶつけられた経験もある。

捜査のためとはいえ、警察に市民の生活を破壊する権利はない。警察は市民を守るために存在する。守るために破壊してしまっては本末転倒だ。

「おっしゃる通り、警察も時に失敗をします」と藤堂が応じる。「だからこそ我々は慎重に、事実の追求を目指しています。いくつかの事実があり、衣笠さんのお話を聞かねばならない状況になったのです」

しばし視線をぶつけ合い、そうですか、と衣笠奈緒が声を落とした。

「奥さまは東京に知り合いがいらっしゃいますか」と春香は訊ねた。

「おりません」

「では、夕方まで時間がありますので、どこかでお待ちください」

「はい。夫と同じホテルに部屋を取りましたんで、そこで」

「何かあればご連絡します。携帯電話の番号を教えていただけますか」

連絡先を聞き、衣笠奈緒をエレベーターで見送り、春香と藤堂は応接室に戻った。

「途中、出過ぎた真似をしました」

「グッジョブ」春香は親指を立てた。「奥さん、かなり切羽詰《せっぱつ》まってるみたいだね」

「無理もないですよ」

「明日、衣笠さんの態度に変化が出るかな」

「だといいですね」

だだっ広い捜査一課の大部屋に行くと、児島が待っていた。荒木も中辻もいない。各帳場を飛び回っている。春香は衣笠奈緒とのやりとりを伝えた。

「夫が殺しの容疑をかけられてる、もしくは強い疑いを抱かれてると思い、いてもたってもいられず東京に来たってわけか」

「でしょうね。大黒柱が抜けて、仕事は大変なはずです。本人もそう言ってますし、息子さんの学校もある。おまけに何かと慌ただしい年末。そんな時に東京に来たんですから」

言った瞬間、春香は自らの言葉に引っかかった。どこに？　束の間考えても、その理由に至らなかった。

「オーケー。二人は調べに戻ってくれ。衣笠の様子はどうだ」

「あれは岩ですね、岩」藤堂が冗談めかした。「百人で押しても、びくともしないような巨岩です」

「鉄塊じゃないだけマシだと思え。雨垂れ石を穿《うが》つ。岩ならいずれ崩せる」

「そんな気長でいいんですか」と藤堂が茶化す。

「心意気の話だよ。神棚を拝んでいくか」

捜査一課の大部屋には神棚が祀《まつ》ってある。

「遠慮しておきます。神頼みは嫌いなんで」と春香は眉を上下させた。

「つれないな、神様が苦笑いしてるぞ」

「立派なお供えものでもしておいてください」

春香と藤堂は衣笠の待つ部屋に戻った。屈伸をしていた衣笠も席に着き、春香は任意での取り調べを再開した。

夕方の終了時刻まで、『黙秘します』という返答が繰り返されるばかりだった。春香と藤堂は重たい足取りで新宿署に向かった。

午後八時、捜査会議が始まり、まずは春香が進展のない状況を報告した。次は映像解析に戻ったベテランのシマさん——島崎《しまざき》組だ。シマさんは一度後方の春香に目をやり、正面に向き直った。

「リンダ殺害当日、衣笠奈緒も東京にいました。防犯カメラ映像に映っています」

な……。春香は絶句した。見落とした？　あんなに入念に見ていたのに？

「夫婦揃って東京にいただと？」中辻が勢いよく身を乗り出す。「衣笠満夫と一緒に歩いてたのか」

「いえ。衣笠満夫の姿があった防犯カメラ映像に、衣笠奈緒の姿は残ってません。別の防犯カメラ映像にあったんです。時間としては衣笠満夫よりも先、具体的には四十一秒前に同じ場所を通り過ぎてます」

帳場が声なきざわつきで揺れている。

「なんで衣笠満夫が映ってた映像に奈緒の姿がなかったんだ」

「画角の関係でしょう。衣笠奈緒の姿が映っていたのは、一つの防犯カメラ映像にだけでした」

くそ。春香は内心で舌打ちをした。衣笠奈緒は自身も東京に来ていたことを警察が把握しているかどうかを見定めるため、今日上京した？　リンダが殺害された当日、夫婦揃って何のために東京にいた？　時間的に二人とも東京で宿泊している。リンダの死と関係ある？　強い物言いは何かを隠そうとした表れ？　衣笠奈緒とのやりとりを児島に報告した際、引っかかりを覚えたのはこれか。無意識レベルでは妙だと感じとっていたのに。ぬかった――。

「衣笠奈緒の指紋は？」

「入手していません」と児島が応じる。「至急、手に入れます」

ホテルで衣笠を張る組なら、簡単に入手できる。

「現場付近に衣笠水産と繋がりのある関係先は？」と中辻が声を張る。

「ありません」と児島が端的に答えた。

「衣笠満夫は、現場でリンダと向き合う姿を目撃されてる。その前にリンダと衣笠奈緒は会ったのか？」

「だとすると」と児島が言った。「奈緒はマンション付近で、元浮気相手に会いに来た夫を待ち伏せするのではないでしょうか。二人が一緒に映る映像は今のところありません」

中辻が椅子の背もたれに勢いよく寄りかかる。

「リンダの通話履歴に衣笠奈緒の番号はなかったんだよな」

「はい。今日、衣笠奈緒の通話履歴を洗いましたが、結果は同様です」と児島が答える。

「明日以降、衣笠奈緒の行動も徹底的に洗え」

会議が終わり、森下が早足で歩み寄ってくる。

「志々目」

射貫くような眼差しだ。捜査員は全員残っているのに、帳場がしんとする。

「衣笠奈緒の件、完全にお前の手落ちだな」

「森下さん」と藤堂が口を挟む。「俺たちは――」

「こはる、やめな」

春香は藤堂の腕を引っ張った。藤堂が不承不承口を閉じる。

失敗は失敗だ。衣笠満夫の映像を見つけ、その線を洗うことで頭がいっぱいだった。翌日の捜査会議では、当人がリンダと一緒にいたとの証言も向坂から報告され、衣笠奈緒の存在など眼中になかった。衣笠奈緒の映像を見つけておけば、捜査の線をさらに広げられた。今日の彼女とのやり取りも違ったものにできた。彼女が夫と同時期に東京にいたという気配すら嗅ぎ取れなかった。

森下が顎をしゃくった。

「尻尾を巻いて逃げ出すんなら、さっさとしろよ」

「お気遣いどうも。まだ逃げ出す気はありません」

「ツラの皮が厚いな」

森下は言い捨て、出口に向かった。藤堂が肩を大きく上下させる。

「衣笠奈緒は今日、こっちがどこまで把握してるか探りに来たんですかね」

「かもね」

「わざわざ……。警官から何らかの言質や感触をとるのが難しいことくらい、一般人だって知ってるでしょうに」

「テレビドラマの刑事は、記者や関係者にぺらぺら喋ってるでしょ。それに」春香は正面のひな壇に視線をやった。「ああいう人もいる」

中辻が窓に映る己を見つつ、ポマード頭を触っている。

スポークスマン——。

「ああ、ですね」

向坂がのんびりとした足取りでやってきた。

「下手こいたな、お嬢」

春香は何も言い返せなかった。

3

翌日、春香は午前十時から衣笠と対峙した。

「黙秘します」

衣笠は昨日までの姿勢を貫き、進展のないまま昼になった。藤堂と捜査一課の大部屋に戻ると、新宿署にいるはずの児島が自席に今日もいた。そのもとに歩み寄った。

「今日もだんまりか」

「ええ。帳場はいいんですか」

「もう落ち着いた。動くとすれば、こっちだろ」

「衣笠奈緒について何かわかったことはありますか」春香は訊いた。「教えてください」

衣笠を揺さぶる糸口になるかもしれない。

「リンダが来日した日以降の、衣笠奈緒の通話記録を洗った」

リンダと確執が生まれたのは、夫の浮気相手だと知った時からだと考えられる。だが、他にも理由があるかもしれず、来日時からの接触に注目したのか。

「衣笠奈緒は、過去に衣笠水産から姿を消した夫の元浮気相手二人と三ヵ月に一度、連絡を取り合っていた。衣笠奈緒がかけたり、かかってきたり。規則性はない」

「どうしてその二人が元浮気相手だと判明したんですか」

情報を手元に止め、捜査会議で報告していない。当然、行方も追っていない。

「ん？　ああ、シマちゃんに松山に飛んでもらったんだ。志々目があたった監理団体の代表がいたろ。高橋と言ったか。彼にこれまで衣笠水産に配置した実習生のリストをもらい、番号を照会して名前を割り、二人のことを聞いたんだよ。高橋は志々目にも言った、と話してたみたいだな」

「二度手間になってすみません。リンダと実習期間がかぶっていないので報告をしませんでした。最初にあたしたちが二人についてもっと確認しておけばよかったものを」

衣笠の一件といい、手落ちと罵《ののし》られても仕方ない。

児島は鼻を鳴らした。

「手落ちといえばそれまでだが、仕方ねえよ。志々目が高橋と会った時点じゃ、他の不倫相手はノーマークだったんだ。マークする意味もねえ。衣笠奈緒の通話履歴を洗う段階でもなかったしな」

「衣笠奈緒が連絡をとっていたのはその二人だけですか？　リンダは？」

「他の消えた技能実習生とも、帰国した技能実習生とも連絡を取り合ってない。リンダとの接触も記録になかった」

「浮気相手という括りでは、リンダも他の二人と一緒ですよね」藤堂が言う。「何か違いがあるのか、他の二人については夫との関係を知らないのか」

「直近で連絡を取り合ったのはいつなんです？」と春香が続ける。

「一人は約一年前、もう一人は約二年前を最後に連絡を取り合ってない。少なくとも衣笠奈緒の通話記録にはない」

「衣笠奈緒本人にあてたんですか」と藤堂が尋ねる。

「まだだ。ホテルは張っている。夫同様、岩かもしれん。話さざるをえない端緒を得るべきだ。通信会社に協力を仰いで、元浮気相手二人の電波発信履歴を取り寄せてる」

「あたしたちと内勤班以外は、元浮気相手の二名を捜しているんですね」

「目下、全力でな。遠回りに見えても、リンダ事件の本筋を洗うには潰すべき線だろう。リンダが殺害された当日、衣笠奈緒も現場近くにいたとなればな」

「あたしたちも捜索に加わります」

「あの」と藤堂が入ってくる。「衣笠さんの取り調べを放棄するんですか」

「こはるの言う通りだぞ、志々目」

「一時的に預けるだけです。どうせ『黙秘します』のオンパレードでしょう。内勤班でいいじゃないですか」

「他のメンツじゃ見つけきれないと？」

「手が多い方がいいだけです。あたし、欲張りなんで。端緒も自分たちで見つけ、衣笠さんの口も自分たちで割り、容疑者を自分たちで逮捕したいんですよ」

　藤堂が難しい顔をする。

「俺たちが元浮気相手を見つけても、衣笠さんの口を割れる材料を得られるとは限りません。かといって、衣笠さんと向き合っていたところで膠着状態を打破できそうもありませんが」

「でしょ。あたしたちで見つけよう。やるっきゃないよ」

「おい」と児島が目元を険しくした。「衣笠奈緒の映像を見つけられなかったミスを取り返そうと担当替えを直訴し、失敗したとなれば、庇《かば》い切れんぞ。他の誰かが元浮気相手を見つけた段階で失敗になるんだ」

「覚悟の上ですよ。いつからそんな守りに入るようになったんです？　事件解決のためには部下の将来なんて無視して、冷徹に駒として動かせばいいんです」

「綱渡りする、あてはあんのか」

「ありません」

春香が微笑み、児島も微笑んだ。

「なら、大変だな」

はいはいはい、と藤堂が手を叩いて割り込んでくる。

「そうと決まれば、善は急げ。さっさと行きましょう」

「こはるも異議なしでいいのか。失敗すれば、オマエの評価も下がるんだぞ」

「コンビは一蓮托生です。志々目さんと組んだ時点で色々と諦めてます。せいぜい志々目さんの背中を守り、ちゃんと振り回されますよ」

「いい心がけ」と春香は指を鳴らした。

児島が机の抽斗《ひきだし》から一枚の紙を取り出した。

「もう知ってるんだろうが、これが二人の名前だ。他のメンツにも渡してる。内勤班の二人に、こっちにくるよう手配しよう」

春香は紙に目を落とした。チャン・ティ・フオン、通称パンダ。ホアン・ティ・トゥイ、通称ケイティ。どこにいるのだろう。

春香と藤堂は衣笠に聴取の休憩と担当が代わることを告げ、警視庁を出た。風が正面から吹きつけてきて、裸になった公孫樹《いちょう》の枝が揺れている。

「あて。係長に言いませんでしたね」

「まあね。綱渡りだろうと、ロシアンルーレットだろうと、成功すれば勝ちでしょ」

「お二人ともお芝居が上手ですね。児島さんも抜け目ない。志々目さんが本当はあてがあると見抜いた上で、掘り下げてこないなんて」

春香は肩をすくめた。

「オジさんは、捜す人数は多い方がいいと思っていた。『動くとすれば、こっち』って、まことしやかに言ってたけど、どうせ衣笠は黙秘を貫くと踏み、あたしが捜索に立候補するのも見越していた。その上であたしたちの意思を尊重した、って流れを作った。すなわちオジさんの指示じゃない。失敗すれば、すべてあたしたちが責任を背負う。オジさんは上手に責任回避したんだよ」

「うまくいけば、俺たちに汚名返上の機会を与えたことにもなりますしね」

「昔の言い方だと、古狸。ある意味、頼もしい上司だよ」

春香たちは桜田門駅への階段を下りていった。


「パンダはしっています。やさしくて、あかるいひとです。ケイティ、しりません」

リンダの元同居人で、上野のエスニック料理店で働くティナは言った。

「どこでお知り合いに？」

ティナは松山にいたわけではない。

「三ネンくらいマエ、トヨタシでイッショにはたらきました。リンダもいたとこです」

「三人ともQの手配でそこに？」

「ハイ」とティナは頷いた。「パンダはそのあと、Qのてはいでトウキョウにいきました」

「パンダさんに連絡をとっていただけませんか」

いいですよ、とティナはその場で電話をかけ、すぐに携帯を耳から離した。

「デンパがどうこうって」

仕事中か。職場によっては、業務中は律儀に電源を切っていても不思議ではない。

「パンダさんはいまどこに？」

「しりません」

「最後に連絡をとったのはいつでしょう」

「ずっとマエです。たぶん、にネンいじょうマエ。そのとき、カメイドにいました」

「亀戸で彼女は何をしていました？　Qの仕事？」

「エエ、パブで。パンダにQをおしえてもらったです。メールもおくってみます」

ティナが素早く指を動かす。

「今もパンダさんはQを利用しているのでしょうか」

「たぶん。じゃないと、セイカツできません」

Qなら二人の居場所を知っているかもしれない。

「Qに連絡をとれませんか。あたしに会うよう促してほしいんです。あたしが皆さんの敵じゃないのはご承知の通りです。Qにもそう伝えてください。さもないと、警察が全力でQを捜すことになります。Qはしばらく動けなくなり、みなさんの生活にも響いてしまう」

「テハイのレンラクいがい、こちらからレンラクできないデス……」

「仕事の時は返信するのなら、ティナさんや元同居人のお知り合いなどにQから次の指示が来た際、あたしのことを返信してください。あたしの番号を伝えておきます」

少々時間はかかっても、Qにこちらの連絡先を伝えられる。カイシャ支給の携帯なので番号が漏れても痛くも痒くもない。

「やってみます」

「パンダさんの居場所や職場を知っていそうな人をご存じですか」

「なんにんか。ちょっとまってください。ききます」

ティナはまた素早く指を動かした。返信はすぐにあった。

「みんな、にネンくらいあってないって。デンワにでないし、メールとかにもヘンシンないって。どこにいるか、しらないと」

「連絡を絶つことはよくあるのですか」

元技能実習生たちの生活について、あまりにも無知だと痛感する。

「あまりないです。ベトナムコミュニティー、とてもダイジです」

「パンダさんと衣笠水産――松山の会社でトラブルがあったかどうかをご存じですか」

「わかりません。でも、マツヤマのシャチョウもオクさんもいいひと、といってました。キュウリョウがヤスいのいがい、よかったと」

「衣笠水産に戻りたそうだったのですね」

「ハイ。でも、でてきてしまったし、シャッキンもあるので、もどれなかったでしょう。キモチ、わかります」

ティナの顔が曇った。来日前、ティナは自分がこんな状況に置かれることを想像したのだろうか。想像できていたら、技能実習生として来日しなかったのではないのか。それはティナだけではないだろう。技能実習生にとって日本はいい国ではない。昔も今も、きっとこれからも。

「パンダさんについて他に何かご存じですか」

「キタのチホウでウマレて、パクチーがダイスキで——」

追加で他にも質問したが、芳しい返答はなかった。

「ケイティさんを知っていそうな人に心当たりはありませんか」

「います。レンラクしますか」

「お願いします。あたしにも皆さんの連絡先を教えてください」

鶯谷《うぐいすだに》に移動した。ティナに紹介してもらった人物は、ラブホテル街で清掃員として働いていた。

ラブホテルの控え室で、彼女と向き合った。

「ケイティとは一年以上レンラクをとってません。いまデンワします」

彼女もすぐに携帯を耳から離した。春香にもすでに聞こえていた。電波が届かないところか電源が——。

「ケイティさんがどこにいるかご存じですか」

「さあ。一年前はシブヤにいました。ワタシたちは転々とします……」

「だからこそ、知り合いとは連絡を取り合うんですよね」

「はい、よく。最後にレンラクをとった時、誰かに会うと、忙しそうでした。次の日からレンラクしても出なくなって。ワタシもレンラクを止めたんです。ケイティはやさしくて、明るい人です。だからさみしい時に話したいのに、話せなかったら、もっとさみしくなる。別の人に連絡するようになったです」

「ケイティさんをご存じの方を知っていますか」

何人か連絡先を聞き出した。清掃員の彼女はパンダのことは知らなかった。

「ケイティさんについて、他に憶えていることはありますか」

「ニホンで生まれて初めてマフラーをあんで、とても大切にしてました。ケイティは南の出身なので、ニホンに来るまでマフラーがいらなかったです。衣笠水産の奥さんにあみ方、教わったそうです。あと手袋も大事にしてました。手袋はニホンで初めて買ったものでした」

些細な糸口が現在の居場所に結びつけばと質問したが、そう甘くはないか。さらにいくつか質問をしたが、めぼしい情報はなかった。

聞き込みを終え、ラブホテルを出た。

「Qの理性的な判断に期待しよう。あたしたちと接触した方が得だと気づくのを願う」

「Qの件、独断ですけど、別に報告しなくていいですよね」

「いいっしょ。情報屋についていちいち報告しないのと一緒」

刑事をしていると、情報屋の一人や二人を常時抱えている。上司に伝えないし、コンビを組む人間とも共有しない。藤堂にもいるはずだ。

「ケイティもパンダもリンダも、明るくていい人ってみんな言いますね」

「衣笠さんはそういう女性が好みなんでしょ。衣笠奈緒も明るくていい人ってみんな言うと思うよ」

「確かに。実習生のママ的存在ですもんね」

「今のうちに腹ごしらえしとこう」

「駅前にうまそうなラーメン屋がありましたよ」

「じゃ、そこで」

駅前に移動し、ラーメン店に入ろうとした矢先、春香の携帯が震えた。児島だった。

「衣笠奈緒がパンダとケイティと連絡をとらなくなった直後、二人の通話履歴は途絶え、支払いも滞っているな。電波発信履歴もぷつりと途切れてる。口座も衣笠水産を出て以降、動きがない」

「携帯を日本に残し、パスポートを使わずに帰国したのでしょうか」

「もしくはリンダ同様、殺されたのか」

児島は無機質に言い、春香は胃の底が重たくなった。

「衣笠夫婦が？」

「断言は時期尚早だが、何らかの事情を知ってる確率は高そうだな」

「元浮気相手捜しはここで終了ですか」

「今日いっぱいは継続する。携帯電話を替えただけってこともありうる。Qが携帯も口座も用意したのかもしれん」

そうだとしても、衣笠奈緒やベトナム人の仲間と連絡をとらなくなるのは妙だ。

「首尾はどうだ」

「今のところはなにも。オヤっさんや他のメンツはいかがです？」

「志々目と一緒だよ」

通話を終え、藤堂にも元浮気相手の通話履歴について伝えた。

「衣笠夫妻、殺人鬼には見えませんでした」

「だよね。ってか動機は？　いくらなんでも衣笠奈緒の嫉妬ってことはないでしょ。そんな憎悪に駆られたんなら、三人を殺す前に夫を殺すはず」

ラーメン店での食事後、鶯谷の女性から聞き出した数人と接触した。いずれもケイティとパンダの行方には首を振るだけだった。


午後八時半、帳場に捜査員が集まった。いつも通り児島が開始を告げる前に、ちょっといいか、と中辻がいきなり立ち上がった。

「衣笠夫妻を逮捕しよう」

いきなりの発言に、帳場の空気はきつく引き締まった。

「お言葉を返すようですが、物証はありません。目撃証言だって、殺害場面を見たわけじゃないんです」

児島が冷静に指摘する。

「しゃらくせえな。ほぼ決まりだろ。令状《おふだ》を取って、じっくり攻めるぞ」

「じっくり攻めるなら逮捕は逆効果です。時間が限られます」

逮捕後は四十八時間以内に地検に送致し、ひとまず十日以内に調べを終えないとならない。さらに十日延長できるが、決定的な証拠が出てくるとは限らない。

「逮捕すりゃ、衣笠も観念するさ」

「希望的観測です」

「おいおい、常勝の児島係はいつからそんなに腰抜けになったんだ。勝負をかけろ。他にホンボシ候補も挙がってこないんだ。勝負の時だろ」

「荒木課長も納得されませんよ」

「帳場の仕切りは俺だ。荒木さんには納得してもらう」

「もうしばし時間をください」

「なら、三日やる」中辻はすぐさま言った。「なんとかしてみせろ」

みんな、と児島が声を重たくした。

「今日の報告を頼む」

各組、芳しい報告はなかった。早々に会議が終わると中辻が最初に出ていき、春香たちの少し前に座る森下組が立ち上がった。

森下の若い相勤が大きく伸びをする。名前は知らない。いつも金魚の糞よろしく森下の後をくっついている。本庁の捜査一課志望なのだろう。

「管理官のお気持ちは痛いほど察せられますよ。管理官ほどの方なら、現段階での逮捕が無理筋だと認識されているはずです。こんな事件、力尽くでさっさと片付けちゃいたいんですよ」

こんな事件……？　春香は眉を顰めた。

「誰だって早期解決を望む」

森下が低い声で応じると、相勤はゆるゆると首を振った。

「そういう一般的な意味じゃありません。今回は所詮、マルガイは不法滞在者です。一人減ろうが、二人減ろうが問題ない。厄介払いできたと喜ぶ役人すらいそうです。俺も最初からやる気が出なかったんですよねえ」

相勤の体がぐらりと揺れた。森下が相勤の胸ぐらを手荒く摑んでいる。

「もういっぺん言ってみろ」

「何をそんなに怒っているんです？」

森下は困惑する相勤に顔を近づけた。

「不法滞在者だろうが誰だろうが、東京で人が殺されたんだ。全力で捜査にあたるのが警視庁にいる警官の務めだろ。やる気が出ないだ？　仕事を舐《な》めてんのかよ、命を舐めてんのか、ああ？」

冷えきった眼差しに、抑えの利いた声だった。相勤の顔が一気に青ざめる。

「……すみません、軽はずみな発言でした」

「新宿署と話をつける。所轄の仕事に戻れ。オマエには刑事は無理だ。交番勤務から鍛え直してこい」

森下は突き飛ばすように相勤の胸ぐらから手を放した。相勤は長机に激突し、床に崩れ落ちる。森下がぐるりと帳場を見回す。

「なんだよ、見世物じゃないぞ」

向坂の笑い声が響いた。

「注目すんなって方が無理だろ」

「見ないふりはできるでしょう」

「そんなご立派なデリカシーを持ってる奴は刑事にならねえよ。熱いな、森下」

「オレが？　至ってクールですよ」森下は鼻先で嗤った。「なんだよ、志々目。言いたいことがあるのか」

「技能実習制度を作った政治家や官僚が森下さんみたいな気持ちを持っていれば、彼らの待遇は変わり、リンダ事件も起きなかったんだろうなと」

帳場がしんとした。

「お嬢、いいこと言うな。その調子で失敗を取り返せよ。さあ、みんな明日もしゃきっと働こうぜ」

向坂が威勢よく締め括り、捜査員は続々と帳場を出ていった。春香も藤堂と帳場を出ようとした時、携帯電話が震えた。

　非通知設定だ。衣笠水産で働いていた元技能実習生や、元浮気相手の知り合いかもしれない。

帳場の隅に行き、携帯を耳に当てた。

「もしもし、志々目です」

「私に会いたいというのはあなたですね、志々目さん」

涼しげな中性的な声だった。

「どなたでしょう」

「Qです」

　春香は携帯を持つ手に力が入った。

五章　Q

1

池袋駅周辺は夜の十一時を過ぎても賑わっていた。クリスマスの電飾やネオン看板の下を、制服姿の少年少女、大学生くらいの団体、赤い顔の会社員のグループが行き交っている。

北口の、最近はリトルチャイナタウンなどと呼ばれるエリアに入った。日本人よりも中国人や外国の人間の姿が目立つ。Qに指定されたバーはリトルチャイナタウンの一角に立つ、雑居ビルに入居していた。十階建てで、スナックやラウンジ、バーなどが入り、店名の下に中国語や韓国語も記されている。春香と藤堂はエレベーターで五階に上がった。

五階のドアは一つだけだった。重厚な金属製のドアを開ける。中は薄暗く、一メートル先の相手の顔がうっすら見える程度だ。店内は暖房がきき、カウンターとテーブル席があり、客は誰もいない。いらっしゃいませ、と片言の日本語で声をかけられた。

「待ち合わせです」と春香は応じた。

「右にどうぞ。お連れ様はお見えです」

　カウンターの向こうにいる、男性の腕が奥を指し示した。右に進むと、木製のドアがあった。個室か。開ける。

「ご足労をおかけしました」

　奥から涼しげな声がし、テーブル席の向こうに、髪の長い一人の女性がいた。四十代前後、あるいは三十代前半か。肌の質感や薄い目鼻立ちはベトナム人とも日本人ともとれる。真っ白なタートルネックのセーターがよく似合っていた。個室には彼女だけだった。

「志々目さんと藤堂さんですね」

「はい」と春香が答えた。「Qさんですね」

「ええ。お座りになってください」

　春香と藤堂は並んで座った。

「驚かれないのですね」とQが言った。

「何をです？」と春香は問う。

「私が女性という点に。私のような仕事は男性が多い。女性は私だけかもしれません」

　春香は軽く肩をすくめた。

「いささか意外ではありますが、むしろ納得できました。仕事だけでなく、住居も紹介する細やかさは多くの男性には無理でしょう。昨今のジェンダー論議では問題視される発言でしょうが、ご容赦ください」

「批判されようともご自身の意見を披露される姿、本来あるべき姿勢だと思います」

「どうも。今日はご連絡ありがとうございました」

「いえ。万国共通、警察に追われるのを好む人間がいないというだけです」

Qは朗らかに言った。

「お一人で仕事をされているのですか」

「はい、一人です」

「ご出身はベトナムですか」

「日本です。母がベトナム人で、父は工場を経営し、今も技能実習生が多く働いています。私の出自よりもお尋ねになりたい件があるのでは？」

「ごもっとも。Qさん……この呼び名で構いませんか」

「どうぞ」

「お尋ねしたいのは、愛媛県松山市の衣笠水産に勤務し、姿を消した元技能実習生の女性三名についてです。まず一人目のリンダ、本名はキエウ・ティ・リエン。彼女は集団生活していた新宿区内のマンションで殺害されました」

「存じています。テレビのニュースで見ました」

「Qさんはリンダさんと面識がありますか」

「ありません。彼女に限らず、やりとりする元実習生の誰とも会っておりません」

「現在、どれくらいの方とやりとりを？」

Qは少し考える素振りをした。

「ざっと千人前後でしょうか」

相当な数だ。

「聞いた通りの方ですね」Qが微笑んだ。「志々目さんと藤堂さんは」

「どんな評判でしょう。警視庁にはいい女といい男がいるとでも？」

「それに近い。ちゃんと我々の側に立ってくれるという話です。不法滞在の元技能実習生の面倒をみているというのに、糾弾しようとも、彼らの素性を提出させようともされない」

「不法滞在も犯罪ですが、他人を傷つける犯罪ではありませんので。他者の権利を損なう犯罪に手を染めたとなれば、容赦しませんよ」

春香が言うと、Qは頷いた。

「市民として頼もしい限りです。何か注文しましょう。水だけではお店の人に悪いので」

藤堂が店員を呼んだ。Qはベトナムのビールを、春香と藤堂はノンアルコールビールを頼んだ。注文した品が来るまでは、店員に話の腰を折られたくない。最近の池袋の治安などについて当たり障りない話をした。

注文の品が来て、三人とも瓶からグラスに注いだ。乾杯、と軽くグラスを掲げる。一口だけ飲み、春香は質問を再開した。

「リンダさんが誰かに恨まれたり、トラブルになったりした話を知りませんか。実習先での出来事も含めてです」

衣笠との浮気関係は伏せた。

「存じません」

「Qさんとやりとりした元実習生で、殺害された人はいましたか」

「今回が初めてのケースです。驚いています」

「犯罪に巻き込まれたケースはどうでしょう」

「あると思います。殴られたり、盗まれたり、犯されたり。しかし私は彼らのお母さんではありません。寝る場所と職場を紹介するだけです。あとは彼ら自身が目の前の出来事に対処し、生きていかねばなりません」

突き放したような発言だが、一般社会も同様だろう。国家、学校や会社、あらゆる組織も、属する人間を何もかもから守ってくれるわけがない。また、守れるはずもない。何もかもから守れる組織があるとすれば、中の者はろくな人間にならないはずだ。

「リンダさんから何か相談されたことはありますか」

「いえ。仕事と寝る場所以外、私は彼女たちの生活に踏み込みません。元技能実習生たちも相談してきません」

衣笠夫妻の犯行だとしても、Qからは彼らについて何も引き出せないようだ。

「リンダさん以外の二人についても教えてください。通称パンダとケイティ。彼女たちは今、どこに住み、どこで働いていますか」

Qの顔が曇った。

「その点は私もとても気になっています。だからこそ、志々目さんたちと会おうと決めたのです」

「二人との連絡が途絶えているのですね」

「ぷっつりと。パンダは約二年前、ケイティは約一年前に」

衣笠奈緒との接触がなくなった時期と一致する。

「そういう例はあまりないのでしょうか」

「私は初めての経験でした。不法滞在中の元技能実習生に住まいや仕事を斡旋する者は相応の数いますが、私はどこよりも待遇を良くしています。そうすれば自然と人が集まってきますので」

「どうやってですか。Qさんの儲けは減りますよね」

「例えば、同じ業務なのにどこかで手配された方が高賃金だと知れば、こちらは賃金をそれ以上に上げるだけです。一時的に私の取り分は減りますが、長い目で見ると得をする。損して得取れ。日本語にはいい言葉がありますよね」

Qはゆるゆると首を振った。

「日本の政財界にはこの観点がすっぽり抜け落ちています。政治家も経営者も、自分の手元にお金を集めることばかり考えている。大型の肉食生物だけが生き残る生態系なんてありえないのに。ようやく賃金を上げる機運が生まれていますが、時すでに遅しの観は否めません。東南アジア諸国の給与も近いうちに日本を追い越します。日本に誰も働きに来なくなり、社会は崩壊するでしょう。崩壊後、誰もがこぞって他人のせいにするに違いありません」

興味深い指摘だけれど、リンダ事件の容疑者とは結びつきそうもない。話の筋を戻さないと。

「Qさんと関わり続ける限り、別の誰かを頼る必要はないと？」

はい、とQは言い切った。

「綺麗事を述べる気はありません。慈善事業ではなく、ビジネスとして住まいや仕事を斡旋しています。一般企業で働くより、はるかに多い金額が手に入るからです。儲けを元手に住まいを別名義で借りたり、安すぎる賃金には上乗せしたりしています。好循環していくのです」

「Qさんを頼る元実習生は年々増えているのですね」

「ええ、とても。最初は元々父の会社にいて、滞在期間が過ぎても帰国しなかった数名の世話から始めました。お金持ちは自由にどこにでも逃げられますが、貧乏人には逃げ道も逃げ場もありませんので」

「当座の逃亡資金の融通もされるので？」

「そこは本人のお金です。手取り足取り何でも面倒をみるのは、違うと思いますので。ちなみに私の他に、どんな人がこのような仕事をしているかご存じですか」

「いえ、不勉強ながら。ボドイですか」

「ボドイの一部も手がけています。あとはマフィアや暴力団、一般人の皮をかぶった悪人たちです。技能実習制度は、実習生が選択を誤ると最初から最後まで骨の髄まで搾り取られる仕組みなんです。そもそも私のような存在がいること自体、制度が杜撰《ずさん》だと物語っています。元実習生がベトナムで大成功した例もあると言われますが、あんなのは百万人に一人出るかどうかですよ。

実習生はティッシュペーパーより軽い、使い捨ての存在なのです。日本国内の監理団体は大儲けできるというのに」

Qは冷めた口調だ。

「というと？」

「ベトナムの送り出し機関は日本の監理団体から契約をとるために、要求のすべてにこたえるのです。視察と称して、ベトナムに招待する際の旅費、食費、宿泊費、遊興費。むろん、原資は技能実習生から集めた金です。採用人数に応じ、キックバックもあります。キックバックの平均は採用人数一人あたり、五万から十万円です」

どうりで。松山で会った監理団体の代表はかなり羽振りがよかった。百人を受け入れれば五百万から一千万円の、帳簿には載らない大金が手に入るのだ。国内に多数の監理団体が存在するのも納得できる。技能実習生の受け入れ先にも事欠かない。

「キックバックしても、現地の送り出し機関は採算がとれるのですね」

「はい。土日祝日も関係なく、毎日送り出し機関から監理団体に営業の電話があるそうです。監理団体はどの現地団体を選ぶかにあたり、キックバックの多寡や技能実習生が失踪した場合、送り出し機関が一人あたり二十五万円の補償をするといったオプションなどで検討するんです。オプション額が機関によって異なります」

わざと失踪させる監理団体もありそうだ。それだけの金を生むなら、すべての監理団体が規定通りに行動しているはずない。

「キックバックにしろ、オプションにしろ違法ですよね」

「ええ。しかし誰も気にしていません。政治家も、官僚も、技能実習生に下支えされている日本人全員も」

春香は一人の日本国民として、ぐうの音も出なかった。キックバックやオプションの原資が技能実習生に還元されれば、彼らの生活はかなり楽になるというのに。実習先から逃亡するケースも減るだろう。

「志々目さんは技能実習制度についてどうお考えですか」

「正直、考えと呼べるほどの見解はありません。制度廃止の動きについてのニュースは見ましたが。お恥ずかしい限りです」

にわかに体が熱くなってくる。制度への、技能実習生を食い物にする者への、何も知らなかった自分への怒りと恥ずかしさと不甲斐なさからだ。

「無理もありません。国民の大半がそうでしょう。国もマスコミも特にアナウンスしてきませんでしたし。日本の各産業の土台を技能実習生が支えている現実を知らないのです。知っていても、目を瞑っている。制度が廃止されても代わりなんていくらでもいる――と多くの日本人は思うかもしれませんが、そんな時代は過ぎました。日本人が海外に出稼ぎにいく時代です」

技能実習制度のような、誰も実態を知らないのに日本人を支え、多くの問題を抱えている制度が山ほどあるのではないのか。社会の仕組みに興味を持ち、おかしいと思ったら選挙に行って体制側に異を唱えないといけないと心底痛感させられる。今後も、政治家が世の中の実情にあったシステムを生み出せるはずがない。政府に好き勝手にされ、一般人が苦しむだけだ。

少々いいですか、と藤堂が声を発した。

「Qさんは、お一人で住居や仕事を手配しているのでしたね？」

「はい、一人です」

「ライバルとの抗争などはないのですか」

「ぶつかり合いを避けるため、私は身元を隠して、誰の前にも姿を見せずに活動しています。正体不明にすれば、抗争するにはかなりのリスクを生じる大きな組織かもしれないと想像させることもできます。実際、マフィアや暴力団とぶつかれば、私なんてあっけなく消し飛んでしまうでしょう」

なるほど、と藤堂がさらに質問を継ぐ。

「千人も抱えていて、特定の誰かがいなくなったとしても、その人の名前などを憶えていられるのでしょうか」

「小中学校で、話したことがない同級生の名前もご存じではありませんでしたか。あれと一緒ですよ。直接の接点がなくても、なんとなく憶えているものです」

リンダが別人という線を消すための質問だ。春香は未確認だった。頭に浮かびもしなかったのは、プロとしてあるまじきだろう。意識的に呼吸をした。こみ上げる怒りを鎮《いず》め、職業人としての仕事をまっとうしないと。

「よく一人でできますね」と藤堂は会話を継いだ。

「考え方の違いでしょう。一人だからできるんです。一人なら、誰にも裏切られる不安はありません。すぐに身も隠せます。即、行動もできます。例えば今晩のようにこうして志々目さんたちにお目にかかることも」

「パンダやケイティは、何らかの理由でQさんのもとを離れ、頼る相手を代えたという可能性は？」

藤堂が尋ねると、Qは右耳を右の人差し指でさした。

「そういう場合、ちゃんと耳に入ります。パンダとケイティに関しては一切ありません」

「Qさんは二人の失踪をどう捉えておいでで？」と春香が訊いた。

「犯罪に巻き込まれたのでしょう」Qはビールを口にし、続ける。「元実習生は裏社会の住人として、生々しい世界に身を置いています。先ほど触れたようにマフィアやヤクザ、一般人の顔を持った悪人——そういった連中が手ぐすね引いて待ち構えています。私は悪人との遭遇を避けられても、彼女たちの一定数が、彼らの餌食《えじき》になるのは避けられません。本人にとっては災難でも、自然の摂理とも言えます。残酷な言い方をすれば、虫が蜘蛛《くも》の巣にかかるのと一緒です」

その世界に生きているからこそ実感している、偽らざる発言に違いない。春香も警官として、日本人も一定数、悪党の餌食になっている現実を知っている。技能実習生の犠牲に関して言えば、日本人が制度をしっかりと把握し、改善していれば防げたケースもかなりあったはずだ。支えられている者の無知さが、悪党たちに技能実習生の狩り場を提供しているとも言える。

「元技能実習生たちが蜘蛛の巣にかからないよう、私が逃げ道を作っているとも言えます。ベトナム政府も、日本の政府も誰も何も対策をしないから。本当は私の仕事なんて存在しない方がいいんです」

Qはきっぱりと言い切った。大きな声ではないのに、暗い個室に響くようだった。

「おっしゃる通りです」春香は言った。Qは違法な存在だが、そもそも制度に不備があるからこそ必要とされている。「具体的にパンダとケイティが暴力団やマフィアと接触をしたという話を知りませんか。例えばQさんの利権を奪うため、情報を得るために彼女たちと接触し、そのままあちら側の組織に引き入れてしまったとか」

Qの存在がこれだけ広がっていれば、ライバル組織に知られていても不思議ではない。Qが誰で、どんな組織か定かでなくても、リスク覚悟で利権を奪いにくる可能性もゼロではない。向坂はその線は薄いと言ったが、あの時点では技能実習制度がここまで金を生むとは知らなかった。裏社会の住民は金を生むところに群がってくる。水面下でナワバリ争いがあっても不思議ではない。

「存じません。私自身が暴力に巻き込まれないためのアンテナは張っていますが、彼女たちまでは行き届きませんので。彼女たちに触手が伸びたのだとしても、私は気配を感じられませんでした」

Qはグラスを置いた。

「リンダもパンダもケイティも派遣先での評判は良かった。私にとって三人を失うのはとても辛い。派遣した人間の評判が良ければ、次の仕事の発注に繋がります。ドライな感覚だと罵られても構いません」

「ドライではありませんよ」

Qは皮肉を放ったのかもしれない。技能実習制度の本質を知らず、無視している者の方がドライだろう。

Qは口元を引き締めた。

「少々気になる点があります。消息を絶った二人は三ヵ月に一度、地下銀行から二十万円を下ろしていました。その前後、私が手配した仕事とは別に、同額が振り込まれています」

「下ろしたのは仕送りのためではなく？」

「仕送りも地下銀行でできます。彼女たちにとって二十万円は大金です。それが三ヵ月に一度、仕事とは別に入金され、下ろしていた点が解せません」

三ヵ月……。衣笠奈緒から二人への連絡も三ヵ月に一度だった。

「誰が入金していたのかを突き止めたのですか」

「入金者の記録には『ヤマダハナコ』とありました」

名無しの権兵衛と同じ意味だ。

「地下銀行というと、地下で売買された誰かの個人口座を利用したものですね」

「はい。ベトナム人用の地下銀行は全国各地にあります。技能実習生たちが全国にいるのと一緒です。どこからでも入金できます」

「どうやって二人の口座の動きを把握されたのですか」

地下銀行とはいえ、日本の銀行なのだ。捜査機関でもない限り、個人口座の動きを摑むことはできない。

「方法はいくらでもあります」

違法な手段か。Q本人に盗み見る技術がなくても、できる誰かに依頼すればいい。いくらでも、というのは技術者なら何人もいるという意味だろう。手法を問い質すのはやめよう。情報提供を渋られては元も子もない。今、優先すべきはリンダ事件の解決だ。

「パンダとケイティに経緯を問い質したのでしょうか」

「言ったはずです。私は彼女たちの保護者ではないと。お金の使い方は彼女たちの自由です。仕事だって、私が手配したものだけでなく、他にもやっていたのかもしれません」

警察も実態不明の地下銀行には手を出しようもない。元々は公的な口座であり、対象数が多すぎる。全国各地の銀行にある全口座が対象なのだ。

春香のノンアルコールビールから泡が消え、炭酸も見えなくなっていた。口に含むと、ビールの風味だけがした。

春香がグラスを置くと、Qが口を開いた。

「二人とも、いなくなる数ヵ月前から仕事をキャンセルする日がありました。具合が悪いと言っていましたが、それでも仕事に赴くのが元技能実習生の生き方です。厳しい現実社会にしがみつき、少しでも稼がないと借金返済が滞り、故郷の家族が困ってしまう。相当な理由があったはずです」

「失踪の原因に繋がると？」

「確認は志々目さんたちのお仕事でしょう。不法滞在者が犯罪に巻き込まれても、日本の警察は捜査しないケースが多いのでしょうが」

「あたしはしますよ」

春香は即答した。森下が言った通りなのだ。被害者がどんな境遇だろうと、警察は国内の犯罪を無視してはならない。放っておけば、治安の悪化に結びつく。それに今回、リンダ殺害犯を逮捕することは、技能実習制度を何も知らなかった過去への、せめてもの責任の取り方だろう。

「今のご発言が本当なのを祈ります。一度、匿名でパンダとケイティを捜してほしいと、警察に連絡しました。『大人なら自由に動き回る』とあっさり退けられました」

職務怠慢だな、と藤堂が呟いた。

Qが居住まいを正した。

「リンダも最近、パンダとケイティと同じように三ヵ月に一度、銀行で二十万円を下ろし、仕事をキャンセルする日が目立ち始めていました」

重要証言だ。Qはこちらの性根を推し量ったのか。返答次第で今の情報を出すか否か決めるつもりだったのだろう。

「三人には他の共通点もありますか」

「同じ店の仕事を斡旋しています。歌舞伎町のラウンジです」

「店の名前は？」

「ハルジオン。表向きは健全な店です。区役所通りから一本入った場所の雑居ビルにあり、アジア各国の人が働いています。ベトナム、インドネシア、タイ、韓国、中国の男女が。元技能実習生や不法滞在者も多い店です」

初耳の情報だ。場所は新宿署の管轄。ある程度の情報が蓄積されているだろう。

「表向きというと、ハルジオンは売春をやる店ですか」

「いえ。きわどい衣装で接客し、朝まで営業しています。志々目さん、藤堂さん。パンダとケイティが生きていると思いますか」

春香は藤堂と視線を交わした。人間としても職業人としても、真摯《しんし》に本音を伝えるべきだろう。

「率直に申し上げ、何とも言えません」

「生きているなら助けてあげてください」

Qはまっすぐ春香を見据えた。春香もQの目をまっすぐ見返した。

「全力を尽くします。お金の使い途を尋ねないにしても、大体の見当はつきますか」

「実習生たちはお金がありません。裏で稼げた人のうち、男性がギャンブルに注ぎ込む事例は耳にしますが、女性は少ないです。パンダとケイティの働きぶりからして、ギャンブルにのめり込む性格ではないでしょう。クスリならあり得るかもしれませんが、常習者が私の斡旋した仕事をきっちりこなすとも思えません。ホストクラブも言葉の壁があります。毎日いい食事をするといっても、二十万円も使わないでしょう」

Qにはお手上げというわけか。

「一つお願いがあります」春香は半身を乗り出した。「彼女たちの地下銀行の記録を入手できないでしょうか」

「お安いご用です。用意でき次第ご連絡します」

「お願いします。真夜中でも構いませんので」

真夜中、早朝の呼び出しなんて慣れっこだ。

池袋駅前でタクシーに乗り、歌舞伎町に移動した。車外に出た途端、夜中でも喧噪に包み込まれた。深夜でも溢れる呼び込みの姿や、ネオン看板が目にうるさい。歌舞伎町は池袋に輪をかけて賑わい、外国人観光客の姿も多い。酔客の吐息が街全体を酒臭くしているようだ。

藤堂は外国人観光客に目をやった。

「技能実習制度、海外から奴隷制度と酷評されても仕方ないですね。端的に言えば、日本の国民が見向きもしない仕事に海外から来た人を安く使えばいい、でも長くいられては困る、さっさと帰ってほしい――って制度なんですから。西欧諸国はよりこういうのに敏感なんでしょう。なにしろ自分たちに、侵略した先の人を安く、こき使った過去があるんです。現在でも移民をこき使っているんでしょうし」

「だね、日本だけの問題じゃないよね。いつか技能実習制度が新しくなっても、本音は何も変わらないだろうし。あたしたちの生活、社会は誰かの犠牲の上に成り立っている……」

春香は歌舞伎町のネオンをぐるりと見回す。

「いま見える範囲でも、合法、不法にかかわらず、たくさんの外国人が日本人の嫌がる仕事をしてるんだよね」

「高度成長期は、地方から出てきた集団就職の若者がそれを担ったんでしょう。金の卵って呼ばれたんでしたっけ。誰にとっての金の卵だったんでしょう。技能実習生の場合、ベトナムの送り出し機関と日本の監理団体にとっては金の卵ですけど」

「金の卵っていうか、金づるね」

「社会構造が高度成長期とあまりにも何も変わってないんですよ。現状にあったグランドデザインに変更しない限り、根本は改善しないんでしょう。政治家はいまだに成長を目指しています。だから実情に合わず、辻褄合わせの制度や法律ができるんです」

　春香は藤堂を一瞥した。

「今度の国政で立候補してみたら。国を根本から変えてよ」

「御免です。悪党にはなりたくないんです。政治家なんて悪党の巣窟じゃないですか」

「警官のあたしが言うのもなんだけど、どうして悪党になりたくないの」

「姉ちゃんに悪いんで」

「お姉さんがいたんだ」

「ええ、まあ」

　藤堂は短い返事だった。それがこの話は終了という合図になった。相勤だからといって、何でもかんでも話すわけではない。春香も五歳の頃の事件について、話す気はない。

歌舞伎町を進んでいく。暴力団事務所やチャイニーズマフィアのアジトが林立する一帯でありながら、きな臭さは春香が子どもの頃に比べると、格段に薄れている。

深夜だというのに中高生らしき姿もちらほらあった。新宿東宝ビルからは少し離れているが、昨今問題となっているトー横キッズの一部がこの辺りにも流れてきているのかもしれない。あの子たちは時代が異なれば、まさに金の卵となった世代だ。周りの大人たちは子どもに見向きもしない。

藤堂が親指を振った。

「補導します？」

「しない。条例的にあのコたちが今ここにいるのはアウトだけどさ。犯罪に手を染めていたり、クスリでラリってたり、周りに迷惑や危険が及んでいたりしない限りね。ここにしか居場所がないコもいるだろうし」

あの子たちの存在も、色々な社会問題が積み重なったがゆえなのだろう。あたしは一人の人間としても、大人としても、警官としても世の中のことをほとんど知らない。

「Qはケイティとパンダについて、どうしてここまで深入りするんでしょうね。ビジネスライクな言い方をすれば、商売道具がいなくなっただけです。面倒見が良すぎませんか」

春香にはない視点だった。

「確かにね。他人事じゃないのかな？　リンダが誰かに殺されてもいるしさ。あたしたちとの接触に狙いがあるとしても、情報提供してきたのは事実。まずはそれを生かそう」

ハルジオンの場所は新宿署に問い合わせ、あらかじめ確認している。風営法の届は出ていない。そんな店は歌舞伎町にごまんと存在する。よほどの問題がない限り、新宿署も手入れをしない。別の場所で名前を変えて開業するだけだ。だったら把握できるままの方がいい。

ハルジオンが入る雑居ビルが見えた時、春香と藤堂は顔を見合わせた。

「オヤっさんたちが張り込んでますね。あの駐車場のとこ」

「マークしてるの、ハルジオンっぽいよね。情報交換するかどうか悩ましい」

「オヤっさん、ハルジオンについて捜査会議で上げてませんもんね」

「地下銀行の件と、彼女たちが仕事を休んだ件は黙っておこう。オヤっさんから引っ張りだせるだけ情報を引っ張りだす。どう？」

「いいと思います」

捜査会議で情報をあげない以上、向坂は手柄を虎視眈々《こしたんたん》と狙い、ハルジオンが鍵だと睨んでいるのだ。春香は携帯を取り出して、メールを打った。

「こはるはオヤっさんの場所に行って、張り番を交代して。誰を見張ってるにしろ、マルタイが出てくれればオヤっさんの相勤が動く。呼応して追って」

「人使いが荒いなあ」

藤堂がぼやきつつオヤっさんの方に進み、オヤっさんはこちらにやってきた。二人はすれ違う時、目も合わせなかった。周囲の注意を引くのを避けるためだ。

「どうした、お嬢。ホスト遊びかい」

「興味深いですけど、こはるがいるんでやめておきます。オヤっさんこそ、どのキャバクラに入るか迷ってたんですか」

「そんな血気盛んな歳じゃねえよ」向坂はにやりと笑い、顎を振った。「お嬢もあのビルに行き着いたんだろ」

「ハルジオン」

「ああ」と向坂は短く言った。

「会議であげてませんよね」

「お嬢にしちゃ愚問だな。ホンボシ候補は衣笠だ。報告するまでもない。捜査を混乱させるだけじゃねえか」

「食えない人ですね」

「お嬢のターゲットは誰なんだ」

「オヤっさんこそ」

互いに無言になった。腹の探りあいを続けても仕方ない。春香は折れることにした。

「リンダがハルジオンで働いていたんです。他の元浮気相手二名も」

「ほう、お嬢こそ情報をあげてねえな」

「ついさっき判明したんで」

「確かな線なのか」

さすが年季が入っている。情報源が誰か、という尋ね方をしてこない。

「間違いないでしょう」

「そうか」向坂が顎を引く。「こっちはマルボウだ。橋本優哉。リンダの尻を追っかけてた奴だ。毎晩のようにハルジオンに通ってる」

　橋本はすでに捜査対象から外れている。

「ハルジオンのケツモチなんですか」

「純粋な客だ。あの店にマルボウのケツモチはいねえな。歌舞伎町じゃレアな例だ。海外マフィアが絡んでるのかもしれん」

「橋本、そんな店によく行きますね。ジャパニーズヤクザの端くれなのに」

「奴は東南アジア人好きでな。向こうでの買春ツアーにも参加してるらしい。平たく言えばゲスさ」

　向坂は吐き捨てる口調だった。

　原資は女に貢がせた金だろう。女を金づる、性の捌《は》け口としてしか見ていないわけか。

「まじでゲスですね」

「おまけに極道の端くれの割に、ムショ行きを極端に嫌がってるんだと。まあ、刑期が箔になる時代じゃねえけどさ」

「そのゲスの橋本のなにが気になるんです？」

　春香は脳にむずがゆさを覚えた。向坂が気になるという点に手が届きそうで届かず、空を切っている。

「ちょっとな。お嬢は店に突撃するのか」

「やる気まんまんでしたが、オヤっさんの邪魔になりそうなので、今晩は遠慮しておきます。こはるを呼び戻して撤収しますよ」

「悪いな」

貸しを作れた。何かの折、こちらの側に立ってくれるだろう。刑事は貸し借りを極端なまでに嫌う。

「んじゃな」

オヤっさんが背を向けて歩いていく。春香は藤堂を呼び戻した。今回もまた二人はすれ違う際に目も合わせなかった。

向坂とのやりとりを藤堂に告げた。

「行確の行確をします？」

「やらない。ハルジオン突撃は後日にしよう」

立ち去り際、春香は振り返った。向坂は歌舞伎町に溶け込み、ハルジオンのビルに視線をやっていた。

電話が震えた。Qからだった。

「地下銀行の記録を用意できました」

「早いですね」

「表のビジネス以上に、裏はスピードが勝負なので。ＰＤＦを志々目さんに送ります」

「助かります」

「パンダとケイティのためです」

Qは物柔らかな声音だった。

2

「衣笠さん、話せないのなら話せない理由を教えてください」

「黙秘します」

衣笠は淡々と言った。

春香の傍らでは、藤堂がいつも通り気配を殺している。昨日衣笠の聴取担当を自主的に外れ、今日はまた戻っている。他の係ではありえない差配だろう。

――衣笠の担当は志々目だった。戻すだけだ。他の係なんて知ったこっちゃねえよ。事件が解決できりゃ、なんだってすりゃいい。なんでもアリさ。

児島は嘯いていた。

昨日、春香が外れた後も衣笠は『黙秘します』で聴取を押し通している。春香の代わりに聴取担当となった内勤班から直接聞いた。

昨晩、向坂は収穫があったのだろうか。春香は午前九時から衣笠と向き合っていた。まもなく聴取開始から二時間が経つ。

「リンダさんをはじめとする、衣笠水産から姿を消した元実習生たちがどんな生活をしていたのかご存じですか」

「黙秘します」

「今の質問も、黙秘される理由に引っかかるのでしょうか」

「黙秘します」

ここまで黙秘を徹底できるのは相当な精神力だ。衣笠は技能実習生に三人の浮気相手を作った。元来、忍耐力や自制心とは縁遠い性格だろうに。衣笠が秘そうとしている事柄の重みがますます増していく。

ドアがノックされた。藤堂が応対に出て、春香の耳元に顔を寄せた。

「児島さんです」

取り調べを中断し、春香は取調室を出た。少し先の廊下で児島が声を落とす。

「松山に飛んだ組から一報が入った。志々目の読み通りだ。奈緒の出金記録は、パンダとケイティと奈緒が通話した日付と相前後してる。つまり、昨晩志々目が入手した地下銀行の出入金記録とも一致する。二十万って金額もな」

やっぱり――。

昨晩Qから入手した地下銀行の取引記録を、朝一番で児島に報告した。公的な書類ではないものの、信用性は高い。衣笠奈緒の口座洗浄の手配を提案した。彼女の口座は都内に支店のない地元の信用金庫に設けられ、現地に赴く必要があった。児島の決断は早く、島崎組を松山に再び派遣した。

「パンダとケイティと、金のやりとりがあったとみるべきですね」

　衣笠の元浮気相手と奈緒が通話した日付、さらに地下銀行の出入金記録。二つの事柄の日付が概ね一致すれば、関連性を疑うのは当然だ。

「十中八九、衣笠奈緒は二人に定期的に金を渡してたんだ。口座記録を見る限り、パンダとの接触がなくなった後、ケイティに入金するようになったみたいだな。二人の入金時期はまったくかぶってない」

「リンダの口座記録とも動きは一致しているんですね」

「ああ。リンダの場合、奈緒との通話記録は確認されていない。SNS上でも接触はない。そこが他の二人とは違う。だが、ケイティが行方不明になった後、リンダの口座と奈緒の口座の動きが一致しだしてる」

「順々に金を……。衣笠奈緒はまだ東京に？」

「行確をつけてる。いまはホテルだ。知り合いに自分の金を渡したからって、犯罪にはならない。事情聴取を実施するべく、状況証拠でいいから積み上げがほしい」

「口座の件、衣笠さんにぶつけてもいいですね」

「ああ。衣笠満夫が事情を知っているかもしれん。頼むぞ」

　どうぶつけるのが、もっとも衣笠の心を揺さぶれるのか。春香は束の間考えた。結論は即座に出た。

直球勝負でいこう。

「島崎さん組はまだ松山に？」

「いるはずだ。どうかしたのか」

「松山の監理団体に、衣笠水産から技能実習生が失踪した際、ベトナムの送り出し機関からいくら補償金をもらったのかを確かめてください。失踪を促すような真似をしていないかも。特にパンダとケイティ、リンダの時」

「リンダ事件と関係あんのか」

「わかりません。衣笠さんを落とすため、あらゆる材料がほしいんです」

お茶を濁した。

補償金目当てに失踪を促しているのなら、パンダとケイティの行き先に結びつくかもしれない。あの監理団体の代表はQの存在を知らないと言った。しかし、失踪を促すのなら好条件の仕事があるとちらつかせるはずだ。その職場が暴力団やマフィアと絡んでいる可能性もある。生きているのなら彼女たちを助けるという、Qとの約束を果たしたい。Qはパンダたちの地下口座記録を素早く入手してくれたのだ。

「了解。手配しておく」

「ありがとうございます。助かります」

春香は背筋を伸ばし、取調室に戻った。お待たせしました、とパイプ椅子に座り、衣笠を見据える。

いざ――。

「奥さまについて伺います。衣笠水産から姿を消した、二人の元技能実習生と連絡を取り合っていたと思われます。パンダさんとケイティさん。連絡を取っている仔細《しさい》をご存じですか」

衣笠の眉の辺りがぴくりと動いた。うつむき、唇を閉じた。黙秘します、という一言が出てこない。三人の呼吸や鼓動が響くような深い沈黙が続く。春香は言葉を継がず、反応を待った。

衣笠はゆっくりと顔を上げた。

「私がリンダを殺しました」

たちまち首の裏が熱くなった。無言で三秒待つ。興奮が落ち着いていく。取り調べで冷静さを保つためのテクニックだ。

「リンダを殺すため、彼女が住むマンションに行ったんです」

「なぜ彼女を殺したのでしょうか」

「……憎かったからです。ご存じの通り、私の浮気相手でした。私のもとから逃げ出したことが許せんかった」

「衣笠さんが熱をあげているのに、リンダさんの方はとっくに冷めていたと？」

「多分。直接は聞いとりません」

「殺害する前に尋ねなかったのですか」

衣笠は一度口を閉じ、開けた。

「ええ。知りとうなかったんで」

一応の筋は通っている。

「どうやってリンダさんの住まいを特定されたのでしょうか」

リンダも他の元技能実習生同様、各地のマンションを転々としている。衣笠奈緒が知っていたのだとしても、元浮気相手の居場所を夫に伝えるだろうか。

「公衆電話からリンダにかけ、教えてもらいました」

「ご自身の携帯電話からではなく？」

「私の携帯には応答してくれんので」

「非通知でかけても？」

「それは試しとりません」

無理がある。いまどき、子どもでも気づく手だ。そもそも公衆電話からも、かけていないのではないのか。春香はあえてそこに触れなかった。通話履歴を洗い直せばいい。

「リンダさんが衣笠さんの携帯の着信に出ないのは、あなたを避けるためでしょう。なのに住所を教えたと？」

「真意はリンダにしかわかりません」

死人に口なしか。

「どのようにリンダさんを殺害したのですか」

「カッとなってたんで、憶えとりません。気づくと、リンダはぐったりしてました。私は、横たわる彼女の肩や体に手を添えとりました」

リンダの肩や体に手を添えていた点は、目撃証言と一致する。

「殺害するべく、リンダさんの住まいに行ったのですよね。なのに、殺害方法を決めていなかったのですか」

「はい」

「しかもカッとなった？」

「はい」

絶対ないとは言い切れないが、非通知設定の件同様、支離滅裂な印象は拭えない。

「何時頃のことですか」

「正確な時間はわかりません。七時前後でしょうか」

死亡推定時刻は八時。誤差の範囲内とは言えるが……。

「リンダさんの鼻に手を当てるなどして、息があるかどうかを確かめましたか」

「いえ。怖くなって」

「殺害するべく行ったのに？」

「すみません。本当のことなので」

声の調子が明らかに落ちている。

「衣笠さんはリンダさん以外にも浮気相手がいらっしゃいましたね」

「リンダより前に二人」

「二人は衣笠水産から姿を消した元実習生ですか」

「そうです」

「二人も殺したいほど憎かったのですか」

衣笠の表情が張り詰めた。

「はい」

「二人の行方を突き止めましたか」

「いいえ」

「奈緒さんが連絡を取り合っていたのに？　リンダさんよりも簡単に二人の行方を突き止められたはずです」

「妻が連絡を取り合っていたことを知りませんでした」

「奈緒さんは、衣笠さんに過去三人の浮気相手がいたことをご存じですか」

「わかりません」衣笠は二度、三度と首をゆるゆると振った。「妻に彼女たちとの間柄を話しとりません。リンダたち三人も話しとらんはずです」

「リンダさんを殺害した当日、衣笠さんは一人で東京にお越しになりましたか」

「はい、一人です」

「当日、奈緒さんはどちらに？」

「松山でしょう。携帯のＧＰＳを登録しあっているわけではないんで、百パーセントとは言えんですが」

衣笠奈緒がリンダ殺害当日に東京にいた事実を知らない？　知っている上で惚《とぼ》けている？　リ

ンダ殺害現場近くの防犯カメラ映像によると、衣笠奈緒と衣笠満夫が同じ地点を通った際、四十一秒の差があった。前方の人間がぎりぎり見えるか、見えないかだ。

「衣笠さんは何時頃に松山に戻りましたか」

「リンダを殺害した翌日、昼の三時頃でしょう」

「その時、奥さまは事務所にいらっしゃいました？」

「はい。事務作業をしとりました。あの……、私を逮捕せんのですか。リンダを殺害したと言っているんですよ」

「逮捕するまでには色々と手続きが必要なんです」

合点がいかない点が多すぎる。

同じ質問を何度か繰り返した。同じ質問をするうちに齟齬《そご》が生じたり、新たな供述をしたりするケースがある。

二時間後、休憩に入った。春香は児島に経過を伝えた。

「解せない点ばっかりだな」

「引き続き、明らかにしていきます。松山から連絡は？」

「まだない」

取り調べ再開後も、衣笠の供述に変化はなかった。午後六時過ぎ、この日の取り調べを終えた。

「リンダさんを殺害したとおっしゃる以上、今日から留置所に行ってもらいます。ホテルの精算は奥さまにお願いしておきます。事情はこちらから伝えますので」

はい、と衣笠は殊勝に応じた。

留置所に向かう衣笠を見送り、春香は腕を組んだ。

「動機も、殺害方法も納得できない。なんで衣笠さんは突然、自分が犯人だと言い出したんだろ。直球勝負で奥さんの話をぶつければ、衣笠さんを揺さぶれると思ったのは確かだけど、うまくいきすぎ」

「ええ、それも腑《ふ》に落ちない点の一つです」

藤堂は壁によりかかった。

捜査一課の大部屋に戻ると、児島がいた。春香が休憩後からのやりとりを報告すると、児島が顔を寄せてきた。

「捜査会議では衣笠の自供を報告するな」

「管理官対策で？」と春香も声を落とす。

スポークスマン――。

「ああ。容疑が固まりきってない段階で、記者にリークしかねない。衣笠でなかったら大問題だ。一度犯人だとメディアに出ちまったら、取り返しがつかん。『違いました』って報道なんて、ちょっとやるだけだ。世間は衣笠を殺人犯としてしか認識しない。取引先を失い、衣笠水産が廃業するリスクもある。衣笠一家の人生は破壊される」

「ごもっとも」藤堂が続ける。「管理官に秘しておくにしても、衣笠さんの発言の意図を探らないと。どうする気ですか」

「管理官には黙って、衣笠奈緒を任意で呼ぼう。衣笠満夫の供述うんぬんにかかわらず、打つべき一手だ。今日だけなら、なんとか秘密にできる」

「担当は誰に？」

春香が問うた。衣笠の取り調べにも関わる。向坂や森下など別組は今も外で捜査している。誰が奈緒の取り調べを担当するにせよ、密接なコミュニケーションが不可欠だ。

「考えておく。衣笠奈緒に夫のホテル代を精算するよう伝えてくれ。任意同行については伝えなくていい。明日、ホテルの張り番組にやらせる。あと、例の松山の監理団体の件だ。代表は失踪者一人あたり二十五万円を受け取っていた。失踪を促していないと言っているようだが、シマさん的には様子がおかしいらしい。衣笠夫妻がリンダ殺害犯なら関係ない線になりそうだが、一応、明日以降も松山で洗ってもらうことにした」

「お願いします」

春香は自席に戻り、携帯で衣笠奈緒の番号にかけた。彼女は三コール目で出た。

「警視庁の志々目です。事務連絡があり、少々お時間よろしいでしょうか」

「どうぞ」と硬い声が返ってくる。

「衣笠満夫さんはしばらく警視庁で過ごしてもらいます。明日にでも衣笠さんのホテルの部屋を精算してください」

「夫は逮捕されたんでしょうか」

衣笠奈緒の硬い声にさらに力が入った。

「いえ。逮捕はしていません」

今のところは、という一言を足さなかった。可能性はすでに感じ取っているだろう。

「そうですか。ご連絡ありがとうございました」

衣笠奈緒の声は気丈にも聞こえるほどだ。自分がしっかりしなければという覚悟が、かえって定まったのかもしれない。通話を終えた。

「こはる、会議で今日の報告をして。あたしは喉が痛いってことで黙っとくから」

「面倒になったんですか」

「進展なしって言うだけじゃん。嘘つくの嫌いなんだよね」

「子どもじゃないんですから。嘘も方便でしょうに」

「今度、マックのポテトからカリカリだけを選んで奢る」

「いいでしょう。いつも報告を聞いてるのも暇なんで」

警視庁から新宿署に移動した。会議は八時に始まった。各自、進展のないままだった。向坂も『特にない』という報告だ。ハルジオンを張った成果はどうだったのか。向坂は何に食指が動いたのか。質問したところで、はぐらかされるだけだ。自分ならそうする。

衣笠の殻を砕いたというのに、達成感はない。そもそも衣笠奈緒は、なにゆえパンダ、ケイティ、リンダという夫の元浮気相手たちに金を渡していたのか。

耳では報告を聞きつつ、頭で思考を巡らせていると、ポケットで携帯が震えた。そっと取り出し、液晶を覗く。春香は瞬きを止めた。衣笠奈緒からだ。携帯をポケットにしまい、静かに立ち上がった。

「志々目さん？」

藤堂が小声で言い、春香は周囲に気づかれぬようウインクを返した。ふらつきつつ、ドアに向かう。

「どうした、志々目」と児島の声が飛ぶ。

「体調不良です。ふらふらして倒れそうなので、出ます」

「こはる、ついていけ」

児島が命じた。

藤堂も立ち上がり、春香のそばに寄ってきた。帳場を出て、しばらくふらつく真似をして足音をたて、廊下を少し進んでから春香は普通の歩き方に戻った。

「もう治ったんですね」と藤堂が苦笑する。

「仮病って気づいてたんでしょ」

「もちろん。何があったんです？」

「衣笠奈緒さんから電話。切れちゃった。かけ直してみるよ」

春香は廊下の踊り場に行き、衣笠奈緒に折り返した。

「志々目です。先ほどは電話をとれずに失礼しました。どうかされましたか」

「今からお会いできないでしょうか」

衣笠奈緒の声は落ち着いている。

「構いませんが、ご用件の概要だけ伺ってもいいでしょうか」

「ごめんなさい。お目にかかった時にお話しします」

「では、終夜営業の喫茶店でいかがでしょう」

「周りに人がいない場所がいいのですが、ご存じありませんか。東京には疎くて」

「ホテルは池袋駅の近くでしたよね。一時間後に東口のカラオケボックスでいかがでしょう。地図はこちらからメールで送ります。部屋は用意しておきますので、現地に到着したらご連絡ください」

通話を終えた。カラオケボックスは防音性が高い上、個室だ。他の部屋は大音量で歌っているので、第三者に話を聞かれる恐れは著しく低い。池袋ならかなりの数があり、一ヵ所が満員でも別の店に行けばいい。

「児島さんに連絡するんですか」

「しない。ってか、するわけない」

「ホテルの行確組に我々の行動はどうせ見つかりますよ」

「ここで報告するよりマシ。こっちにアドバンテージがある」

「さすが野心家」

「自分の手で事件を解決したいだけ。みんな一緒でしょ。あわよくば周りを出し抜こうとしてるのは」

「性格の悪さが滲み出てますよ」

藤堂が苦笑した。

「お褒めの言葉、ありがとう。なんせあたしは刑事部長にならなきゃいけないんでね」

「遥か遠い道のりですね」

「その遥か遠い道のりを進む間、こはるがあたしの背中を守ってくれるんでしょ？　遥って名前、役目にぴったりじゃん」

「確かに」

「しかもあたしは春の香りと書いて、春香。春の香り、すなわち成功の匂いがするってことでしょ。刑事部長間違いなしだね。来るべき日に向かって、ずんずん進もう」

春香と藤堂は足早に歩き出した。

3

「わたしがリンダを殺しました」

衣笠奈緒は神妙な面持ちだった。

夫妻の共謀？　春香は藤堂と目配せを交わした。三人のいるカラオケボックスの一室は静かだった。テーブルには各自の飲み物が置いてある。衣笠奈緒は脱いだコートを丁寧に畳み、両膝の上に置いている。

「どういうことでしょうか」と春香は訊いた。

「夫はリンダを殺した、と言っとるんでしょう。違うんです。わたしがやったんです」

「正式な取り調べは明日以降になりますが、少し詳しく教えてください。どうやってリンダさんを殺害したのでしょうか」

衣笠奈緒は大きく息を吸った。

「言い訳がましいんですが、アクシデントでした。わたしがリンダを押す恰好になって、彼女は倒れてしまいました。頭を強く打ったんでしょう。きっとそのときに首の骨が折れたんです。松山では全然報じられてませんでしたが、ネットの記事を読みました。リンダの首の骨が折れていたと書いてありました」

「何時頃の出来事でしょうか」

「七時くらいやったと思います」

衣笠と同じ供述か。藤堂の一瞥を頬に感じた。春香はかすかに頷き、衣笠奈緒との会話を継続した。

「救急車を呼ばなかったんですね」

「はい。自己保身と言われれば、その通りです。頭がわや……とにかく混乱してしもうて。目撃者はおりません。同居人はリンダが自分で転倒し、頭を打って死亡したと解釈してくれると思いました」

「転倒後、リンダさんは呼吸していましたか」

「確かめていません」

「何を根拠に亡くなったとお考えに？　気を失っただけかもしれませんよね」

「声をかけても、揺すっても、ぴくりとも動きませんでした。一瞬でこれはいけんと……、目の前で起きとることが信じられんで」

鼻に手をあてれば簡単に確認できただろうが、気が動転していればそこまで頭が回らなくても無理はない。咄嗟の時、日頃から訓練をしている者を除けば、人間なんてたいした行動をとれない。

「リンダさんが転倒した後、何分後くらいに部屋を出ましたか」

「時計を確認していませんが、五分後くらいでしょうか。動かん彼女を前に、しばらく頭が真っ白になって。ある程度の時間は経ったと思います。同居人が戻ってきたら、通報されかねません。皆さん不法滞在の弱みがあっても、人が亡くなったとなれば話は別でしょう」

実際の通報は翌日の朝だった。

「そう気づいて、慌てて部屋を出ました。渡すはずだったお金は持って帰りました。わたしがいた証拠になってしまうので」

頭が真っ白になった後、我に返り、速やかに部屋を出るべきだと気づいたのか。

「鍵は閉めていませんね」

「ええ。捜しもしませんでした」

「リンダさんを押す形になった経緯は？」

「ある事柄について説得したかったんです。それで手を伸ばしたら……」

今さら浮気の追及ではないだろう。衣笠満夫が東京に出てきたとはいえ、それなら夫を直接追及すればいい。

「お金の話ですね。あなたはリンダさんにお金を——二十万円を渡していた」

「はい……」

「衣笠水産から姿を消した元実習生全員にではなく、お金を渡していたのは三名にだけですね」

「はい」

「三名には共通点があるのでは？　ご存じですよね」

はい、と衣笠奈緒は溜め息のように言った。

「知ってます。夫の元浮気相手です」

「リンダさんの他はどなたですか。通称で構いません。彼女たちの名前を教えてください」

面倒な手順だが、衣笠奈緒の口から聞きたい。

「パンダとケイティです」

「なにゆえ三人だけにお金を渡したのですか」

逆に慰謝料を請求してもいい立場だろうに。つまり……。

衣笠奈緒は唇を閉じ、うつむいた。正式な取り調べではない。こちらから切り出そう。

「あなたは元浮気相手たちに脅されていたのではないですか」

衣笠奈緒は顔を上げたものの、まだ唇を動かさない。春香は続けた。

「口止め料を払っていたのでしょう。三人が衣笠さんの元浮気相手だったことの。息子さんは名門校に在学されています。衣笠さんの醜聞は息子さんの今後に関わる。厳しい私学だそうですから、理由をこじつけられて退学になってしまう事態もありえる。退学までいかなくても、学生生活に支障をきたしかねない。周囲から無視されるとか、バカにされるとか。あなたは息子さんの将来のために、脅しを呑んだ。違いますか」

口止め料として金を払うなら、家族の生活を脅かす事柄から守るためだと察せられる。衣笠家にとっては息子のことだろう。

「……ご指摘の通りです」

「リンダさんたちが憎かったですか」

「いえ。元々は夫の身から出た錆です。彼女たちを憎むのは筋が違います」

衣笠奈緒は淡々と言った。

「三人は衣笠さん本人ではなく、なぜあなたにお金の無心を？」

「わたしが部屋の掃除やら食事やら色々面倒をみてきたからでしょう」

そうだ、寮母のような存在だった。

「リンダさんと、どうやって連絡を取り合いましたか」

どちらの通話履歴にも互いの番号の記録はなかった。

「テレグラムです。リンダがテレグラムのアプリを使おうと」

設定次第でメッセージを消せる……。当然、違法な行為をしていると認識した上での提案だろう。証拠が消える。

「リンダさんは本当に転倒しただけですか」

「はい。目の前で起きたことですんで」

衣笠奈緒はこれまで、ネット記事を見たという割に、リンダ事件についてまったく知らない体でこちらの質問に受け答えしていた。それ自体が不自然だったわけだ。緊張し、隙を見せずにしっかり演じきろうとしたのだろう。

供述が真実なら、衣笠奈緒は殺害犯ではない。肝心な点が事実と反しているのだから。

リンダの死因は絞殺による窒息だ。報道機関には発表していない。首の骨が折れていた様子から殺人事件とみて、詳しい死因を調べているとだけ発表している。鑑識から配布された資料にも首に線状痕があった。倒れた拍子に負った傷跡ではない。首の骨が折れたのも転倒時ではないとされている。

衣笠奈緒が部屋を出た時点では、リンダは生きていた。その後、部屋を訪れた誰かが絞め殺した。衣笠満夫？　そう考えると、二人の供述の矛盾はなくなるが、瀕死の元浮気相手を見たら、救急車を呼ぶだろう。

いや——。

衣笠満夫は奈緒を尾行した？　妻の口座から定期的に一定額が引き出されることを何らかの理由で知り、不審を覚えていた？　リンダが奈緒を脅していることを察し、発作的に殺害を？

筋としては衣笠満夫の供述とも矛盾しない。とはいえ、息子の生活はどうなる。奈緒がリンダの求めに応じた理由くらい、思い至るはずだ。妻の気持ちを無駄にするだろうか。

妻の思いと息子の人生を守りたいからこそ、衣笠満夫は自分が殺したと言い張っている？　松山に赴いた際、子どもにとっては父親ではなく母親の方が必要そうだと語った。奈緒さえいれば、息子も色々な壁を乗り越えられると踏み、自分が殺したと言っているのではないのか。しかし、そうだとすると、衣笠満夫が殺しの方法を明かさないのは合点がいかない。さっさと明かせばいいだけだ。

「リンダのマンションを出た後、ホテルに戻りました。しばらくして、ホテルに夫が来たんです。その日、夫は松山ではなく東京にいました。夫はわたしを追ってきたそうです。まったく気づきませんでした」

四十一秒の差か。衣笠の尾行が上手だったとは思えない。大久保の道すがらだけでなく、衣笠奈緒は松山からリンダとのやり取りをどう進めるかで頭がいっぱいで、周囲に注意が向かなかったのだろう。

「わたしは夫にリンダを殺したことを伝えました。夜通し相談しました。朝、ホテルを出て東京駅で一人になった時、夫に内緒で通報したんです。わざとカタコトの言葉を使って、同居人からの通報に偽装しました。すぐ現場に来てほしい、と。誰も通報していなかったら、リンダが可哀想なんで」

通報は衣笠奈緒だったのか。彼女がしなければ、リンダの遺体はしばらく放置されたままだったただろう。通報を受け、パトカーはサイレンを鳴らし、現場に到着し、リンダの弟とティナは逃げたわけか。

「新大阪行きの新幹線に乗ったのはなにか理由が？　松山に戻るなら普通、博多行きに乗るはずです」

「一晩経ってだいぶ気持ちが落ち着いたと思ってても、動揺は続いとったんでしょう。自由席のチケットを買い、博多行きに乗ったつもりが新大阪行きだったんです」

平常心ではいられなかったのか。

「衣笠さんは、息子さんにはあなたの方が必要だとお考えになっているのですね」

「ええ。ここ数日も、ホテルで夫と話し合いました。夫はわたしの出頭を認めません。できる限り隠し通し、警察の捜査が進んだ段階で自分がやったと出頭する——という夫の提案を呑んでいました。警察が来てもわたしはなるべく接触せず、接触した時もごく自然な当たり障りない返答をすると、夫と決めとったんです」

初めて衣笠水産を訪問した際、リンダが殺害されたと聞いた奈緒は顔を強張らせた。あれは自分が隠し立てしている後ろめたさの反応だったらしい。

「でも、やっぱり良心には逆らえません。親としても、人間としても警察の方に言わんといけんと決心したんです。やましさを抱えたままでは、息子に合わす顔がありません」

衣笠奈緒の肩からふっと力が抜けた。体の芯の強張りがほぐれたようにも見える。衣笠奈緒は葛藤したがゆえ警視庁に足を運び、あたしに会いにきたのか。春香は納得した。

あたしたちに見せた衣笠満夫の態度は、開き直りも多分にあったのだろう。あたしたちの不意の訪問にも動じない姿を見せ、疑問を自分に集めれば集めるほど、警察の目を妻から遠ざけられる。感情を隠すのが下手なら、表に出せばいいと腹をくくったに違いない。自分が家族を守るのだという感情を。また、こちらが海産物を買いに行った際に衣笠が見せた態度にも説明がつく。普段は言わない冗談を飛ばしたのは、余裕があったためではなく、普段と心持ちが異なっていたためだ。人間は普段と異なる心持ちの時、日常では見せない行動をとることがままある。春香が五歳の頃に入院した際、両親が普段と異なる行動をしたように。

そうか……。衣笠満夫の狙いは誤認逮捕。衣笠奈緒は先日、警察は誤認逮捕も多いと指摘した。夫との会話で何度も出てきた単語が口からこぼれ出たのか、罪悪感から自分たちの狙いをほのめかしたのだ。

「パンダさんとケイティさんの行方をご存じですか」

「知りません。二人とも突然連絡が途絶えてしまって」

「捜そうとはされなかった？」

「捜しようがありません」

衣笠奈緒がゆるゆると首を振る。

「連絡がとれていた時、衣笠水産への復帰を促さなかったのですか」

「一度だけ。『できません』と言われました。今の方が稼げるからと。わたしに合わす顔もないでしょうし」

「三人にどうやって口止め料を渡していたのですか」

「指定の口座に入金しました。いわゆる地下銀行です。松山市内にあります」

「夫の満夫さんはご存じで？」

「話していません。薄々察しとったんでしょう。だからわたしを追って、東京に来たんです。リンダに会い、もう止めるように直接言い聞かせるつもりだったと、わたしには言いました。夫が追ってきていたなんて夢にも思いませんでした」

衣笠奈緒が頼んだウーロン茶の氷が崩れ、カランと鳴った。

「警察に相談しようとお考えにならなかったので？」

「まったく。リンダを含め、三人とも性格のいいコたちなんです。『お金をもらわないと、浮気のことを学校に伝える』と言ってきたので、脅迫に該当するんでしょうが、三人ともとても申し訳なさそうな口ぶりでした。よほど困っとったんでしょう。警察に相談すれば、彼女たちは強制送還されます」

「二十万円の使い途を確認されましたか」

よほど困ったのだとしても、生活費で要求してくるには多すぎる額だ。衣笠夫妻の生活レベルを考慮し、継続的に引き出せるぎりぎりの限度額とも言える。実に絶妙な数字だ。

「教えてくれませんでした」

「彼女たちと家庭を天秤にかけ、彼女たちを優先したと？　息子さんの学費もかなりかかるのでは？」

「もちろん。でも、見捨てられません。袖振り合う以上の縁があったわけですし、彼女たちには生活が、命がかかっとるんです」

リンダたちが脅迫という形をとらなくても、衣笠奈緒なら彼女たちにお金を渡したのだろう。その優しさが結果的に衣笠家の生活を壊そうとしている。もう壊したとも言えるのか。リンダたちは衣笠奈緒の優しさにつけ込んだ恰好だ。

「私からも質問をいいですか」と藤堂が声をあげる。「リンダさんたち三人に日本の学校制度や息子さんの通う学校について、何か話をされましたか」

「いえ、何も」

春香は藤堂の質問の意図を即座に察せられた。衣笠奈緒はリンダ、ケイティ、パンダを性格のいいコだと評したが、そんな人間が『浮気のことを学校に伝える』と言うだろうか。そもそも学校に伝えるとまずい状況になると、どうして判断できたのか。日本の学校制度に明るくないだろうし、衣笠の息子が通う学校の事情についてなんて、尚更知らないはずだ。衣笠満夫にも尋ねなければならない。

藤堂が目顔で聞きたいことは聞けた、と合図を送ってきた。

「リンダさんを説得したかったという、ある事柄とは？」と春香は尋ねた。

「もうお金はいらないと言ってきたんです」

「衣笠さんは払い続けるため、説得しようと東京に？」

「はい」と衣笠奈緒は言葉少なに頷いた。

意味不明だ。金を払わなくていいのなら、それに越したことはないはず……。

「リンダさんはお金ではなく、他の何かを求めてきたのですか」

「いえ。何も。『早く帰ってください』と言われて、揉み合いみたいになって」

春香はハッとした。

「パンダさんとケイティさんと連絡が途絶えたのは、二人が『お金はもういらない』と申し出た後なんですね」

「ええ、申し出の一週間後には連絡が取れなくなりました。パンダは『絶対にお金を返します。でも警察に捕まったらゴメンナサイ。待って下さい』と言って、ケイティは『もうお金、いりません。たぶんキョウセイソウカンされます。すみませんでした』と。強制送還という形であっても、故郷に帰っとるのならいいんですが。でも、警察に逮捕されたり、入管に収容されたりすれば、ウチにも連絡がありますよね？　それもありません。何かあったと考えるしか……」

逮捕の記録も、強制送還の記録もない。春香は急にカラオケボックスの薄暗さが気になってきた。

日本では年間約八万人が行方不明になっている。この統計に無戸籍者、不法滞在者は含まれていない。すべてを合わせると、どれだけの人間がいなくなっているのだろう。あちこちに、人を吸い込む底知れぬ陥穽《かんせい》が仕掛けられているかのようだ。

パンダとケイティはどこに消えたのだろう。リンダを殺したのは誰なのだろうか。

ここに衣笠奈緒が継続的に彼女たちに渡した金を重ねると、どんな絵が見えるのか。

翌朝、春香は七時過ぎに警視庁に入った。九時に衣笠奈緒の任意での聴取が始まる。昨晩のうちに児島には衣笠奈緒の供述を連絡したが、改めてその報告をしないとならない。大部屋の片隅にはすでに藤堂がいて、書類を整えている。春香たちは今日も衣笠満夫の取り調べを担当する。

ほどなく児島が大部屋に出勤し、三人で小さな会議室に移り、春香は昨晩の話をもう一度伝えた。

中辻が大部屋にやってきたとの内線が入った。

「ちょっと待ってろ」

児島が離席し、中辻のもとに向かった。衣笠奈緒の供述は、さすがに中辻に伝えないとまずい内容だ。

会議室のドアが開き、中辻が顔を見せた。喜色満面だ。

「万事解決だな。さっさと逮捕しよう」

「どちらも完落ちじゃありません。首を絞めた、とは二人とも言っていません」

児島が反論する。

「さっさと落とせよ」中辻は荒っぽい口調だった。「志々目、でかしたぞ。ついでに衣笠でも奈緒でもどっちでもいいから、ちゃっちゃと吐かせろ。いや、志々目は奈緒を担当しろ。女には女だ」

女には女。前時代的な理屈だけれど、いまだ女性には女性が対する方が落としやすい現実はある。

「二人の身柄を確保してるからといって、外部への発表はまだ控えてください」と児島が釘を刺す。

「当たり前だ。言われるまでもない。ったく」中辻が舌打ちする。「後は頼む。別の帳場に行く。戻るまでには落としとけ」

中辻はポマード頭をなでつけ、会議室を出ていった。

児島が大きく肩をすくめる。

「いよいよまずいな。ありゃ、記者に夜回り受けたら、べらべら喋るぞ」

「荒木課長が話す前に？」と春香が問う。

「そういう人だろ」

「ですね」と藤堂が相槌を打った。「うずうずしてる顔してましたもん」

児島が腕時計を見る。

「幸いもうちょい時間はある。志々目とこはる、手分けしてオヤっさんと森下をここに呼べ。相勤は不要。二人だけでいい。用件は直接話すと伝えろ」


午前八時過ぎ、窓のない会議室のテーブルを春香、藤堂、児島、向坂、森下が囲んだ。向坂と森下は到着したばかりだ。

「どんなご用で？」

向坂が早速口火を切った。児島が四人を見回す。

「オヤっさん、森下、志々目組。どうせまだ俺にも帳場にもあげてない情報があるんだろ。しかも有力な」

春香をはじめ、四人は黙した。児島が鼻先で笑う。

「返事がねえのは認めた証拠だな」

「なにもオレたちが特別なんじゃありませんよ。他にもいるでしょうに」と森下がぶっきらぼうに言う。

「ウチの係はくせ者揃いだ。ここにいる四人は特にね」

「四人って俺も？」と藤堂が訊く。

「いざって時は、こはる。児島係の意見は一致してるぜ。で、どうだ。四人ともちゃっかり隠してんだろ」

「言わずもがなでしょうよ」向坂が無造作に応じる。「なあ、森下」

「さて」森下は素っ気なく述べ、続ける。「一つ言えるのは、事件発生からこれだけ日数が経つのに、隠し球が手元にない奴は刑事に向いてませんね」

「お嬢はどうだい」と向坂が顎をしゃくる。

「今後も刑事として生きていられますよ」

「同じく」と藤堂が言う。

向坂が大きく肩をすくめ、児島を見た。

「俺たちに白状させて、何をさせたいんです？」

「昨晩、志々目がある情報をとった」

児島が簡潔に衣笠奈緒の供述を伝えた。

「管理官は今晩中には記者にリークする。本当に衣笠夫妻のどっちかがホシなら別にいい。けど、自分がやったと言いながら、首を絞めた点に言及しない点が解せない」

「例のごとく、志々目の絞り方が甘いだけって線は？」と森下が言う。

「可能性はゼロじゃないが、それにしたって妙だ。罪をかぶりたいんなら、さっさと手口をゲロった方がいい」

「そういう捜査の機微を知らないだけでは？　つまり、志々目の取り調べ能力が低い」

「お言葉ですが」と春香は口を開いた。「水を向けたり、促したりする取り調べは公判で引っくり返される隙を与えるだけです。自主的に語るのを重んじるべきでしょう」

「自主的に語らせる技術がねえんじゃないかって、オレは言ってんだよ」

「森下、僻みかよ。よせよせ」向坂が笑う。「ミスを一つしたとはいえ、リンダ事件ではお嬢ばっかりがヒットを打ってるからな。森下はまだノーヒットだ」

「オヤっさんもね」

ノーヒットという割に、二人には敗北感も悲壮感もない。犯人に結びつく可能性が高い手札を握っているようだ。

「じゃれ合いはそこまでだ」児島が身を乗り出す。「手札を晒せ。さもなくば、夕方までに結果を出せ。後者の場合、夕方までに結果を出せなきゃ、次の異動で児島係から荷物をまとめて出てってもらう。情報を手元に止め、捜査を攪乱させた――ってかどでな」

春香たちは顔を見合わせた。

向坂、森下の順で報告があり、春香は歯嚙みした。くっきりと事件の輪郭が浮かび上がってくる。

悔しかった。向坂と森下に対しての感情ではない。自分自身の不甲斐なさに対してだ。

二人の動きを見ていたのだから、あたしは誰よりも早く容疑者に気づいてしかるべきだったのに――。

4

「昨晩伺った話を改めてお聞かせください」

春香は切り出した。

警視庁内の取調室はしんとしている。中辻の指示により、対峙するのは衣笠奈緒。春香の脇には藤堂が控えている。

衣笠奈緒は顎を引き、瞬きを止めた。

「わたしがリンダを殺害しました。結果的にわたしが押す恰好になり、リンダが倒れてしまったんです。頭を強く打ったんでしょう」

首を絞めた、とはやはり言わない。

春香は聴取を進めていった。リンダに会いに行った動機などを尋ね直していく。昨晩聞いた話と矛盾はなく、新しい要素もない。

今日、彼女の取り調べ開始時刻を五分遅らせた。マジックミラー越しに衣笠満夫の取り調べを見るためだった。児島の計らいで、取り調べ官はまずリンダたちに学校のことを話したのかを聞いた。衣笠は何も話していない、と言った。嘘の気配はなかった。嘘をつく意味もない。

そうなるとやはり……。森下と向坂の手札の意味が重たくなってくる。ドアがノックされ、藤堂が音もなく立ち上がり、出ていった。

「昨晩は眠れましたか」

「いえ」

普通の神経ならそうだろう。

「息子さんの面倒はいまどなたが？」

「親類に連絡しました。しばらく東京におらんといけなくなったと伝えて。夫が急病になったからと」

「心苦しそうですね」

「嘘を吐くのは苦手です」

取り調べで平気で嘘を重ねる者も多い。何度もそういう連中と向き合っている。衣笠奈緒は本心からの発言だろう。だからといって、発言をすべて鵜呑みにするわけではない。

ドアが開き、藤堂が静かに戻ってきた。藤堂はかすかに首を振った。春香は衣笠奈緒に向き直った。

「リンダさんが衣笠水産を出た後、どんな人と付き合いがあったのかをご存じですか」

「いえ。元実習生やベトナム人コミュニティーと接触があったことは想像できますが。リンダよりも前にウチの会社を出て行った二人がそうやったんで」

「二人は衣笠満夫さんの元浮気相手ですね」

面倒でも、一個一個改めて確認していかねばならない。

「そうです。パンダとケイティです」

「パンダさんとケイティさんについても教えてください。ベトナム人界隈とは別に、彼女たちがどんな人と付き合いがあったのかご存じですか」

「知りません」

「お二人がいそうな場所に見当はつきますか」

「何かあれば、昨晩のうちに志々目さんにお伝えしています」

「パンダさんとケイティさんと最後に接触した時、彼女たちはどこにいましたか」

「わかりません。どちらも電話でしたので。パンダは約二年前、ケイティは約一年前のことです。お金も手渡しではなく、いつも地下銀行への振り込みでした。一度も直接会っていません」

淀みない返答で、内容は昨晩聞いた通りだ。

「最後に会話した際、次にどこに行くかを言っていましたか」

「二人とも何も」

言った瞬間、衣笠奈緒が小首を傾げた。

「どうされましたか」

「いえ……」

衣笠奈緒はまだ考え込んでいる。春香は黙し、彼女が思案を巡らせ終わるのを待つことにした。昨晩にはなかった反応なのだ。取調室は森閑とし、隣の藤堂も身じろぎもしない。

そういえば、と衣笠奈緒が顔の傾きを戻す。

「いま思い出したことがあります。次に働く場所については何も言っていませんでしたが、ピクニックに行くと話していたんです」

「二人のうち、どちらの方でしょうか」

「二人ともです」

春香はにわかに体温が上がった。喉の力は抜く。

「お二方とも、その後に連絡がとれなくなったんですね」

「はい」

「どこにピクニックに行くとおっしゃっていましたか」

衣笠奈緒は唇を引き結び、視線を斜め上にやった。もう一度記憶をまさぐっているのだろう。

衣笠奈緒は再び春香を見た。

「埼玉……やった気がします」

「ピクニックというと大きな公園とかに？」

川や山登りならハイキングとでも言うだろう。

「プライベートな森林とかなんとか言っとったような……。ごめんなさい、詳しく聞いていませんでした」

「お二人とも、どなたかと一緒にハイキングに行かれたのでしょうか」

「多分。一緒に行ったのが誰なのかはわかりません」

私有地を持つ誰かが同行したと考えるのが自然か。

春香は質問を続けた。正午になり、取り調べを中断した。捜査一課の大部屋に戻り、児島と会議室に入る。

「オヤっさんたちから連絡はありましたか」

「まだだ」

今日使っている取調室は、専用廊下からマジックミラー越しに中の様子が見え、スイッチ一つで音声も聞こえる。児島は衣笠奈緒とのやり取りを見て、随時、向坂や森下に指示をくだしている。

「ピクニックってどこに行ったんですかね」

藤堂が椅子の背もたれに勢いよく寄りかかる。

「いま、オヤっさんと森下が手分けして潰してる」と児島が応じた。「オヤっさんに心当たりがあるらしい」

「さすがですね」と藤堂が言う。

「俺に黙って、とっくに色々洗ってたんだよ」

「あたしたちは個人プレーをとやかく言わない、いい上司に恵まれましたね」

「ものは言い様だな」児島は鼻で笑った。「勤務時間外になにをしてようが、知ったこっちゃねえさ。何度も言うが、俺が興味あるのは事件を解決することでな。どんな行動でも事件解決に役立つなら、大歓迎さ」

「っていうか」と春香が続ける。「児島さんもオヤっさん同様、管理官の判断に疑問を抱いてたんじゃ？」

「ノーコメント」

児島は、どうせ向坂が単独で動くと見越していた。だからあの時、管理官の判断に異を唱えるまでもないと選択したのだ。中辻が実力不足でお役御免になれば、自分が管理官になる芽も出る。児島にだって野心はあるはずだ。だからこそ個人プレーにも理解があるのだろう。

「もしかしていまの発言、管理官とか刑事課長になった時のための練習ですか？　記者対応の」と春香は訊いた。

「ノーコメント」

「あーあ」藤堂が右肩を大きく回した。「出番がなくて残念です」

「こはる、今回たまに質問を挟んでくるくらいで、また活躍の場がないもんね」と春香は茶々を入れた。

『また』ってなんですか、『また』って」

誰かの携帯電話が鳴った。

「噂をすればなんとやら」児島が自分の携帯を耳に当てる。「もしもし」

児島が一言二言応対し、通話を終えた。

「オヤっさんから泣きが入ったぞ。かなり敷地が広いんだってよ。いますぐ応援が欲しいんだと。森下も合流させるが、もう一組はほしいとこだな」

帳場の人間を総動員できればいいが、中辻の方針通りに衣笠夫妻を洗う駒も必要で、今朝児島が声をかけた三組以外は動かせない。

春香は手を挙げた。

「あたしたちが行きます。衣笠夫妻の聴取は大事ですけど、今はこっちの線を追うことを重視すべきでしょう。衣笠奈緒の取り調べは表向き、彼女の体調不良で中止になったことにでもしてください」

「おいおい、志々目は今回もヒットを打ったっぽいんだ。少しはオヤっさんと森下にも花を持たせろよ」

「ご冗談を。あたしはホームランをかっ飛ばしたいんです」

春香はフルスイングの真似をした。児島が苦笑する。

「仕方ねえ。行ってこい」

春香よりも先に藤堂が勢いよく立ち上がった。

「狙いましょう、特大ホームラン」

陽射しには黄金色が混ざり始めていた。夕暮れが近いのか。鳥が頭上で鳴き、冬でも小さな虫が飛びかっている。空気は鋭く、トレンチコートを着ていても肌寒い。都心とは気温も空気の質感も違う。

背の高いフェンス戸は開いていた。すでに向坂組が入っている。森下もとっくに加わっているはずだ。警視庁から藤堂の運転でやってきた。三時間近くかかった。埼玉県中西部の廃棄物処理場で、敷地は東京ドーム二十個分の広さだという。

藤堂が額に手を当て、遠望する真似をした。

「確かに二人だけで洗うには無理がありますね。オヤっさんが泣きを入れたのも無理ない」

「先を越されないようにあたしらも急ごう」

フェンス戸を抜け、しばらく進むと道が三本に分岐していた。右に向かう道に入り、舗装道路にちらばる枯れ枝や落ち葉を踏み、進んでいく。敷地内には八棟の建物が点在し、向坂たちは二つを検めたという。

——お嬢とこはるは入り口から右に進んでくれ。左は俺が、真ん中は森下組に任せてある。

先ほど電話で向坂とやり取りした。

木々の枝が頭上に覆い被さり、その隙間から陽が漏れ、足元を斑《まだら》模様に染めている。枯葉のニオイが鼻腔を刺激する。

舗装道路が途切れた。黒色の土が続いているものの、しばらく雨が降っていないので、轍《わだち》も足跡もない。

十五分ほど進むと、コンクリート造の二階建ての建物があり、正面に足立ナンバーの乗用車が止めてあった。黒塗りのアルファードだ。春香と藤堂は頷きあった。敷地内にはいくつかこうした建物があるという。

春香は建物の窓を見やる。人影はない。電気も灯っていない。ドアに手をかける。鍵はかかっておらず、押し開けた。

一階は仕切りのない、ひんやりした大きな部屋だった。無人で、空気は落ち着いている。長机や椅子、ロッカーが並んでいた。作業員の待機場のような使われ方か。埃《ほこり》がうっすらあちこちに積もっている。

左奥に階段があった。春香は親指をそちらに振り、藤堂が先に立って進んでいく。階段を上ると、薄暗さが増した。天井は高くて幅の広い廊下が伸び、三つのドアが等間隔に並んでいる。まずは手前のドア。藤堂が開け、勢いよく飛び込む。何も起きない。春香も部屋に進み、視線を巡らす。ロープやら防水シーツが無造作に置かれているだけで、ひと気はない。誰かがいた痕跡もない。

次に真ん中のドア。再び藤堂が開け、飛び込む。いない。春香も中をのぞき込もうとした時だった。

背後に気配を感じた。

振り返ると、刃物を構えた男がいた。五歳の時と同じように、薄暗くて男の顔はよく見えない。

春香はたちまち体がすくんだ。

警官として逮捕術の訓練を積んできたでしょ。自らを叱咤するも、過去が全身に絡みついてきて、指先まで硬直させている。喉が詰まり、声も出せない。忌々しいほど、鼓動が激しくなっていく。

嫌な記憶が蘇ってくる。刃物が腹部に刺さる、あの感覚が……。男が刃物を素早く構え直し、突進してくる。まずい。動け動け動け動け動け。念じるも、自分の体なのにぴくりとも反応しない。やられる――。

春香の脇を影が通り抜け、目の前に背中が滑り込んできた。

藤堂だった。

「部屋にッ」

肩を押され、春香の金縛りは解けた。咄嗟に頭から部屋に飛び込み、転がると、廊下に目をやった。

藤堂は半身になって男の腕を摑み、足を滑らかに大きく動かした。腕を摑んだまま素早く屈み、肩を男の腹部にあて、膝を伸ばす。突進の力を利用したのか、相手の体はいとも簡単に持ち上がった。藤堂が円を描くように男を廊下に叩きつける。

男は受け身がとれず、大きく体を弾ませた。その弾んだ勢いを利用し、藤堂は相手の腕を摑んだまま体をくるりと逆向きに捻り、さらに男を投げ、床に叩きつける。三発目、四発目と続く。

男はぴくりとも動かなくなった。

「まだ死ぬなよ」

藤堂が冷ややかに言った。

警視庁では柔道や剣道をミックスした逮捕術があり、その大会が毎年開かれている。藤堂は過去に三年連続で入賞していた。本庁捜査一課配属になってからは、激務で大会に出場できていないが、腕はまったく衰えておらず、身ごなしも軽やかなままだ。

春香は大きく息を吐いた。廊下に出て、男の顔を確認する。間違いない。

リンダの働くパブの常連だった、暴力団員の橋本優哉――。

春香は今朝、向坂、森下と情報共有した経緯を思い返していく。

向坂の手札は、リンダが働き、橋本が通った店『ハルジオン』にまつわる疑問点が発端だったという。暴力団に厳しいこの時代、どうやって橋本は毎晩遊び回る金を手に入れていたのか。新しい女を転がすため、別の女から金を引っ張っている――と向坂は推測した。リンダも関わっているかもしれない、と。

向坂は『橋本は女に貢がせていた。転がした女には東南アジア系の外国人も多かった。ハルジオンで働いた女もいた』と組関係者に言質をとり、橋本の銀行口座情報も独自に入手した。向坂には、橋本と一度会ったというアドバンテージもあった。事件に結びつくニオイを嗅ぎ取っていたのだろう。そこで中辻が橋本の線を追わないと指示した時、異を唱えなかったのだ。手柄を自分が得るために。児島はそんな向坂の内心と動きを読み、中辻の指示に反対しなかった。向坂に任せておけば、橋本の線を勝手に追いかけてくれるのだから。

森下の手札も、橋本が転がした女についてだった。森下は、橋本が当初自宅に戻っていない点を重視した。そして、橋本の女の一人——リンダとは別人が現場マンション『ベル第一コート』に住んでいることを割り出していた。春香と藤堂が現場百遍を唱えて赴いた際、森下はその線を洗っていたのだ。さらに、橋本が事件当夜はその女の部屋にいて、警察が離れるまで数日間マンションから一歩も出なかった点も突き止めていた。森下も早々に衣笠夫妻の線はない、と読んでいたという。手柄を得るべく、他の捜査員の目が橋本に戻ってこないよう春香たちに突っかかっていた面もあったのだろう。

向坂も森下も、中辻が橋本の線を消した時点でチャンスとみたのだ。

リンダが殺害されたマンション付近の防犯カメラ映像に橋本の姿はなかった。組員に運転させた車で直接、マンション前に乗りつけたためだ。送迎の組員がいる。複数の映像に黒い車が映っていた。春香もその映像を目にしていた。

リンダの死亡推定時刻頃のアリバイは、向坂もまた崩していた。毎晩会議終了後、向坂はアリバイを証言した北区十条の女のマンション近くの防犯カメラ映像を集めた。橋本の姿は映っていなかった。何度かマンション前に車が横付けされていて、それが橋本の可能性もあったものの、向坂は女の口を割った。『橋本に頼まれて、嘘をつきました』と。

午前中、新宿署の捜査員が橋本の自宅に行き、不在を確認していた。衣笠奈緒の聴取中、藤堂が席を外し、戻ってきた時に首を振ったのは、不在の合図だった。建物近くに止まっていたアルファードのナンバーも、橋本のものと一致していた。

「さすが、『いざって時はこはる』。ありがと」

「お怪我は？」

「服が汚れただけ。この服、お気に入りなんだけどさ」

「クリーニングしてください。アタリを引けましたね」

「感謝して。あたしの日頃の行いがいいおかげ」

「感謝といえば、俺の見せ場を作ってくれてありがとうございます」

「どういたしまして。って、あんな派手に投げ飛ばすの、逮捕術にないよね」

「合気道をかじってたんで」

藤堂はさらりと言った。

「初耳」

「そりゃ、カイシャの誰にも言ってませんからね」

「お姉さんのことしかり、別に何もかも同僚に話す必要なんてないよ。ってか、かじってたってレベルじゃないでしょ、あれ」

「まあ、それなりです」

藤堂はこともなげだ。藤堂の足元で呻き声があがる。春香は苦悶する橋本に歩み寄り、手錠をかけた。

「とりあえず、公務執行妨害と殺人未遂の現行犯であなたを逮捕します」

「ふ……ざけんな。不法侵入じゃねえか」

橋本が息荒く言い、春香は微笑みかけた。

「おあいにくさま。社長には許可を取っています。社長って言うより、組長って言った方がいい？　散々他人を食い物にして、使い捨ててきたんでしょ。今度はあなたが使い捨てられる番がきたってだけ」

この処理場は橋本が所属する組が秘密裏に、事実上営んでいる。橋本のいる組が廃棄物処理に手を出していることを以前、児島が言っていた。

森下と向坂の動きが橋本の行き先を限定したのだ。橋本は警察の輪が迫っているのを肌で感じざるをえなかった。数ある女の部屋に身を隠しても、いずれ警察の網に搦め捕られる。捜査の規模が縮小されるまでは組が秘密裏に経営し、警視庁の管轄外の埼玉県内の廃棄物処理場に身を潜める以外ないと。マルボウは、警察の捜査手法や規模の縮小拡大がどんな時に行われるかを熟知している。

その橋本の動きを、向坂が経験から読み切った。

藤堂が電話を耳にあてた。容疑者確保、と相手に告げている。児島から連絡を受けたら、向坂も森下も悔しがるだろう。

重機ではなく、十名の捜査員がスコップで慎重に土を掘り起こしていく。藤堂、森下も作業メンバーにいる。

5

春香は作業を免除され、向坂と並んで見ていた。橋本が隠れていた廃棄物処理場の敷地内、施設から少し離れた山中にいた。低木や雑草が鬱蒼と生い茂る一角で、作業は行われている。先ほど重機で低木を抜き、雑草ごと土を掘った。

「橋本はまだだんまりらしいですね」

「一昨日、こはるが派手にぶん投げたんだろ。しばらく痛みがとれねえんじゃねえか」

「自業自得です」

「違いねえ。児島係のヒロインを襲うなんてふてえ奴だ。ま、だんまりを続けられるのも時間の問題さ。外堀は埋まりつつあるんだ」

児島も中辻もこの場にはいない。警視庁にいる。今日橋本を送検し、身柄が戻ってきた後、またこってりと絞ることになる。

見つかったぞッ。捜査員の一人が大声をあげた。

「今まで以上に慎重に頼むぞ」

向坂が号令を発する。捜査員がスコップを置き、手でじかに土を削ぎ落とすように掘っていった。春香は作業を見守った。

数分後、鈍《にび》色のビニールシートが見えた。

「あったな」向坂が呟いた。「後は中身だ」

春香は頷き、唾を呑み込んだ。

三十分以上かけ、ビニールシートが丁寧に掘り起こされた。人間一人を包んだような形だった。風で中身が吹き飛ばされないよう、警視庁のビニールシートで頭上や左右をテント状に覆った。ライトが点灯される。藤堂と森下がシートをゆっくりめくっていく。靴やズボンが見え――。

所々が白骨化した女性らしき遺体が包まれていた。

「山に埋めるのは、マルボウの常套手段だ。海じゃなくてよかった」

「マルボウ担当時代、森林浴とか海水浴とか養豚場に行ったのって、死体処理の現場を発見するためだったんですね」

「ああ。ケイティとパンダは『ピクニック』と言ったんだろ。橋本の野郎は最初からこの辺りで二人を消す気だったんだよ。橋本の野郎はこれまでも落とした女を外出に連れて行っている。ありゃ、いざ殺すとなった際、誘い出す口実で疑われないためだったのかもしれないな」

「普通の女転がしは殺しなんてしませんよね」

「普通はな。パンダとケイティの一言で、尻に火が点いたんだよ。恐喝での懲役刑は確実だ」

橋本の携帯には、パンダとケイティからのメッセージが入っていた。橋本は消去していたが、逮捕後に通信会社から取り寄せた記録にあった。それは橋本を脅す文言だった。内容を要約すると、二人とも『もう金を払わない、これ以上あれこれ言うなら、衣笠奈緒を脅していたと警察に言う』と記していた。リンダからのメッセージはなかった。彼女は口頭で同じような文言を橋本に伝えたに違いない。

通話履歴に残っても、何を話したのかまでは残らない。パンダとケイティは記録に残る方法を選んだのだろう。万一を想定していたのだ。

冷たい風が木々の間を抜けてビニールシートを揺らし、パリパリと音を立てている。

「これで、Qのテリトリーをむしり取ろうっていうマルボウと外国マフィアは減るな。Qは警察に協力した、もしくは警察がQに目を付けたと裏社会で見なされる。警察が絡んでくる領域で危ない橋を渡る必要はない。こういう類の情報は、あっという間に裏で広まるんだ」

ある種、Qには平穏が訪れるのか。……そうか、なるほど。

「お嬢、係長に連絡を入れてくれ」

「いいんですか」

「リンダ事件を挙げられたのは、ほとんどお嬢の力だろ」

向坂がぎこちなく片目を瞑った。

「では、遠慮なく」

児島はワンコールで出た。

「遺体が発見されました」

「よし。ご苦労さん」

「橋本を徹底的に絞ってください。どこかにあと一人埋められているんです」

「言わずもがなだ。さすがオヤっさんだな」

「さすが森下さんでもあります」

「珍しいな、志々目が他人を褒めるなんて。しかも森下を」

「あたしはフェアな視点を忘れてませんので」

「まあ、各自がやるべきことをやってりゃ、捜査はある時、一気に動くもんだ。色々な要素がどんどん嚙み合ってな。俺なんて鵜飼いみたいなもんさ」

言い得て妙だ、勝負所とみて、児島は春香たち四人に発破をかけた。児島係だからこそ一期目が終わる前に解決できたと言えよう。

一昨日橋本を確保した後、その足で向坂は昔取った杵柄で組に乗り込み、「橋本を庇うなら、組織ごと持っていく」と組長に突きつけた。橋本の上納金にはリンダたちから巻き上げた金も含まれているはずで、徹底的に洗えば、法的に組を崩壊させることも可能だ。組長は組織が潰れる方より、橋本を切り捨てる方を選んだ。三人の若い衆が、『橋本の命令で二人の女性の遺体を別々の時期に捨てた』と供述した。橋本は彼らに女性が何者か、死んだ経緯などは説明しなかったが、暴行の跡が顔や体についていたという。橋本は、組が自分を売ると想定しなかったのだ。

橋本は廃棄物処理場敷地内の建物で、パンダとケイティを殺害したと見られる。都内から組員を呼び寄せ、二人の遺体を処理場に遺棄させていたからだ。日々運び込まれる廃棄物に埋もれ、絶対に発見されないと踏んでの指示だろう。

だが、若い衆から相談を受けた組長が秘密裏に遺体を雑木林の一角に移動させていた。ゴミ捨て場ではなく、それなりの場所にちゃんと埋葬してやるべきだ、と。

組長は元々縁起事や仏事神事を重んじている。橋本と折り合いも悪く、切り捨てる機会を計っていたのかもしれない。厳密には組長も死体遺棄罪に問われるが、逮捕を見送るのが妥当という判断になった。

ったく。児島が舌打ちする。

「なにか問題でも？」

「涼しい声で、『問題でも？』じゃねえよ。志々目も森下もオヤっさんも、捜査会議で素直に情報を上げてりゃ、橋本が不法滞在のような弱みを持つ女を手込めにし、働かせて、金を出すのを渋ると暴行を加え、結果的に三人を殺した——って線をもっと早い段階で伸ばせたんだよ」

二人の報告がなくても、あたしは見通せてしかるべきだった、と春香は改めて歯嚙みする。二人の手札を聞いた時より、悔しさが増している。

向坂の動きも、森下の動きも点では押さえていた。リンダたち三人が揃いも揃って、衣笠奈緒を脅すことを自発的に思いつく性格ではないことも知っていた。三人とも勤務先の評判は良く、明るくて、朗らかで、優しい性格だったと。Qから実習先を飛び出した元技能実習生たちが暴力団やマフィアに一定数食い物にされる現実も聞いていた。すべてを結びつければ、真相の像を描き出せた。

何者かがリンダたちの裏で糸を引いていて、その正体は橋本優哉の可能性がもっとも濃厚なのだと。

パンダ、ケイティ、リンダは男の情にもろい性格だったと目せた。衣笠満夫に落とせるのなら、女転がしを生業とするような橋本に三人を落とせないはずがない。異国で心細さを抱えている隙を突くなど、橋本には造作ないだろう。

リンダの携帯には毎日客から電話があったという。橋本からの連絡もあったはずだ。事柄が事柄ゆえ、リンダは周囲に相談できなかったのだ。

衣笠奈緒の話から、パンダとケイティが橋本を逆に脅したことも導き出せたはずだ。パンダは『絶対にお金を返します。でも警察に捕まったらゴメンナサイ』と、ケイティは『もうお金、いりません。たぶんキョウセイソウカンされます』と言っていたという。警察に出頭する覚悟で橋本と対し、もう金を渡さないと心に決めたことが窺える。

橋本は刑務所行きを嫌った。恐喝罪は十年以下の懲役だ。すべてをなかったことにする手——パンダとケイティの殺害という短絡的な行為に走っても不思議ではない。そもそも女に金を貢がせて生きるという、短絡的な発想を実行してきた男なのだ。

これだけの手がかりがありながら、真相への筋道を思いつけなかったのは本当に不甲斐ない。些細な疑問点から橋本をホンボシと見立てた向坂と森下には、遠く及ばない。

捜査は事実を積み重ね、容疑者に行き着く。しかし、事実の積み重ねだけではなく、想像力も不可欠なのだ。結論ありきの思い込みや先入観ではなく、事実をもとにし、次の事実までの間を埋める想像力が。

事実だけの積み重ねは、時に危険だ。特に自分にとって都合の良い事実だけを積み重ねると、往々にして真相とは見当違いの方向に進む。事実とは常に、都合のいいものと悪いものがほぼ同じくらいあるものなのだ。警察の誤認逮捕は都合のいい事実の積み重ねによって生まれる。警察には中辻のような人間がいる。警視庁には四万人以上の人間がおり、いつ間違いが起きてもおかしくない。あらゆる事実の精査——結びつけたり、引いたりする作業のためには想像力が不可欠なのだ。

自分にも藤堂にも、適切な想像力がまだ足りない。いくつか同じ事実を得ながらも、向坂と森下は衣笠夫妻の犯行なんて万に一つもないと見切っていたのに。

また風が吹き、木々の枝を揺らしている。

「リンダ殺害も橋本の犯行だろうよ」

「でしょうね」春香は深く息を吸う。「時系列として整理すると、衣笠奈緒の供述通り、まずリンダは頭を打って倒れた。まだ息があった。妻が去った後、衣笠満夫がリンダを見て立ち去り、その後、橋本が金の無心に来て、意識のないリンダを見た。リンダは近頃、金銭提供を渋っていた。しかも脅してきた。そろそろ用済みだと思っていた時、抵抗されるリスクもない絶好機に遭遇し、殺した——って流れでしょう。パンダとケイティを殺しても警察は動いていないことから、橋本は殺しに対しての警戒心が薄れていて、自分のテリトリーじゃなく、あの部屋で殺害したんです。改めて殺すために誘い出すのも面倒ですからね」

リンダは衣笠奈緒を早く部屋から追い出そうとしたという。リンダが殺害された当日、彼女の携帯には橋本からの着信があった。同伴の誘いなどではなく、部屋に行くという連絡だったに違いない。橋本は自分が転がした女と同じマンションにリンダがいることを、本人から聞き出したのか、出入りを見かけるかして把握していたのだろう。

橋本が衣笠奈緒と鉢合わせすれば、何をしてくるか知れたものではない。リンダはそれを避けたかったのだ。パンダとケイティの身に起きたことを察していて。危険が迫っていると認識していても誰にも相談しなかったのは、諦めていたからなのか、迷惑をかけるとできなかったからなのか。もう知る由もない。

「だな。橋本はリンダの遺体も組の若い衆を使ってこの場所に運ばせたかった。だが、その前に同居人が帰宅し、朝までリンダの弟とティナがいた。しかも衣笠奈緒の匿名の通報で警察がきて、運び出せなくなった。誤算だったろうな」

「衣笠奈緒やハンの人間としての心が、リンダを運び出させなかったとも言えます」

「そうだな」

白骨化した遺体がビニールシートに再び包まれ、藤堂や森下たちの手で穴から運び出されていく。パンダ、ケイティ、どちらの遺体なのだろう。

「概要だけを見りゃ、不法滞在外国人がマルボウに食い物にされたっていう、ありふれた構図の事件だ。だけど、技能実習制度の不備がリンダもパンダもケイティも殺したって見方もできる。制度について無知な国民も共犯者さ。俺も志々目もこはるも」

「そうですね」

「おまけに誰が犠牲になっても不思議じゃない社会なんだと突きつけてもくる。他人を食い物にしてやろうっていう輩はどこにでも潜んでるからな。いつ自分がそいつらの標的になってもおかしくない」

「リンダ事件では、衣笠夫妻も橋本の餌食になっていたという見方もできます。発端は衣笠さんとリンダの色恋とはいえ」

「社会ってのは、相変わらず残酷だな」

人を吸い込む底知れぬ陥穽――。カラオケボックスで衣笠奈緒と会った際に頭に浮かんだ言葉を、春香は反芻した。

本当にあたしたちのすぐそばに、陥穽は仕掛けられているのではないのか。日本では毎年八万人以上が消えている。パンダとケイティだけでなく、悪党の餌食になり、どこかに埋められたり、海に捨てられたりした人が大勢いるのではないのか。

リンダたちを殺したのは橋本であって、橋本でない。リンダを殺した成分……何モノかは、完全に、社会に溶け込んでいる。リンダたちの悲劇を他人事だと世の中の大半が切り捨てている間は、事態は改善しないのだろう。つまり、絶対に改善しない。

だからどうした。

――怖いからって、誰も何もしなかったら、悪い人が増えるだけだろ。残酷な世界を少しでも良くしたいじゃないか。

五歳の頃にかけられた言葉が胸の奥で疼く。五歳だった自分に会ったら、堂々と同じ言葉を伝えられるようになりたい。いまの自分が不甲斐なく、非力でも、来年の自分は違うかもしれない。

そう信じ、あたしは刑事として生き、できる限りのことをしていく。それが陳腐なエピソードだと馬鹿にされようとも。

「志々目は今回、ヒットも多かったが、エラーも多かったな」

「すみません」

「責める気はねぇよ。人間らしいじゃねぇか。不完全さや弱さがあるからこそ、人間なんだ。人間だから懸命にもなれる。俺はサイボーグの部下なんていらねぇよ」

この人はたまに心に刺さる言葉をいう。

「にしても、俺が兵隊の頃は、率先して情報を会議で上げたもんだよ」

「嘘つき」

「方便ってやつだよ」

「ものは言いようですね」

春香は苦笑した。


一週間後、春香が見守る前で掘り起こされた遺体はケイティだと特定された。首のマフラーなどで特定された。

ケイティは右手に何かを強く握っていた。合皮の手袋をしていたため、微生物の分解を免れたそれは、髪の毛だった。ＤＮＡ鑑定で橋本のものだと結論づけられた。ケイティは日本で初めて購入した手袋を大事にしていた。それが橋本だと断定できる一助になったのだ。

橋本の自宅からは十数冊の名簿も出てきた。衣笠水産に技能実習生を派遣した、愛媛の監理団体から流出した名簿もあった。元々は転売目的で、代表の高橋から十万円で買ったのだという。

橋本は、『監理団体の代表から衣笠と元浮気相手の噂を聞き、金に化けると踏んだ』と供述した。衣笠の家庭環境も調べ、息子の学校生活が弱点だと導き出したのだという。

リンダ殺害現場から彼女の携帯を持ち去らなかったのは、捜す間に同居人が戻ってくるのを恐れたためだった。メッセージのやり取りも『客として口説くためだった』という説明で押し通すつもりだったと嘯いた。

──日本にいちゃならない人間がいなくなっただけだ。税金で国に送り返す手間を省いてやったんじゃねえか。

橋本は取り調べで三人の殺害を認め、毒づいた。取り調べ映像を見た際、春香は反吐《へど》が出る思いだった。

衣笠夫妻は松山に帰っている。春香はリンダが倒れた時点で二人が通報していれば、橋本に殺されなかっただろうことを話した。

──そうですか、わたしがすぐに通報していればリンダは殺されずにすんだ……。

衣笠奈緒はうつむき、肩を震わせた。

──私が悪いんだ。

衣笠は奥歯を嚙み締め、目をきつく瞑っていた。

厳密に言えば、二人は保護責任者遺棄罪に問われる可能性が僅かにあるけれど、逮捕は見送った。橋本が来なければ、リンダは死ななかった。衣笠夫妻が今回の事件を忘れるとは思えない。リンダの死を背負い、生きていくはずだ。それが贖罪になる。

遺体がケイティと特定された晩、春香は自宅からQの携帯電話に連絡を入れた。

「そうですか、パンダとケイティも亡くなっていましたか」

「残念ながら。ご協力ありがとうございました。彼女たちの骨をベトナムのご家族に届けることはできます」

「ご苦労様でした」

「いえ、仕事ですので」

「職分をまっとうできる方は、なかなかいらっしゃいません」

「Qさんのご協力があったからです。今回の事件、『Qから得た情報が解決の大きな要因となった』と我々警察からも裏社会に流しましょうか」

向坂の手を借りれば可能だ。

「どういうことでしょう」

「今回の事件を受け、Qさんのナワバリを荒らす暴力団もマフィアも減る、とウチの者が言ってました。警察の注意を引くとみて、元技能実習生絡みの闇ビジネスから撤退する者もいるかもしれません。Qさんの狙い通りなのでは？　Qさんは折を見て、暴力団やマフィアから元技能実習生絡みの利権を奪おうと画策していた。だからあたしたちに協力した。本来、Qさんはあたしと会うリスクを負う必要はない。Qさんは元技能実習生の一定数が暴力団やマフィアに食われても仕方ないというご意見の方なのですから。働きぶりがいいからといって、ケイティとパンダを特別視するのは妙でしょう」

春香が区切ると、向こうから沈黙が聞こえた。春香はそのまま続けた。

「ケイティもパンダもリンダも、Qさんが管理していた人材です。いわば自分の領域に手を突っ込まれ、奪われたも同然。ここで相手を痛い目に遭わせたいと考えるのは自然です。むしろ反撃しないと、今後も連中に自分のナワバリを食い荒らされかねない。すでに警察と接触したことを、ご自身で裏社会に流したのかもしれませんね。Qのテリトリーに手を伸ばすのは割に合わないと、暴力団やマフィアに強く認識させるために。Qは、相手にやり返すためには警察とも手を組むのだと」

技能実習生たちのためには、Qが勢力を伸ばす方が好ましい。電話の向こう側から、すっと息を吸う音がした。

「志々目さんはそうお考えの上で、私と接触したのですか」

「いえ。Qさんの狙いに気づいたのはケイティの遺体を発見した後です」

向坂の一言があったからだ。刑事という仕事には、多様な知識が必要なのだと思い知らされる。

「ご指摘の通りなら、私は相当したたかですね」

「どうすれば身につけられるのか、ご教示いただきたいくらいです」

したたかでないと、裏社会では生きていけない。中途半端な者は橋本のようにボロを出し、いずれ脱落していく。かたやQはたった一人で大きなネットワークを築き上げている。明らかに役者が違う。

「私に教えられることなんてありませんよ」

「ご謙遜を。警察から情報を流す件、いかがしますか」

「お手数をおかけするには及びません」

「そうですか」

「またお目にかかりましょう。今度は仕事にまつわる話は抜きで」

「ぜひ」

そんな機会がないことは、お互いに百も承知だろう。通話を終えた。Qは明日にでも連絡先を変えるに違いない。

＊

午後一時過ぎ、新橋駅近くのマクドナルドは今日も会社員たちで賑わっている。橋本が逮捕され、約二ヵ月が経った。取り調べ官を除き、補足捜査の終わった児島係の面々は今日から待機組になっている。

春香はフライドポテトをつまんだ。

「技能実習制度、廃止だってね。先週、政府が閣僚会議で方針を決めたってニュースを見た」

『育成就労』って名前になるらしいですね。結局、借金を背負っての来日を変えられそうにないですし、転籍も同じ分野に限られますし、転籍できる人もかなりの日本語力が求められるようなんで、看板が変わっただけで根本的な解決にはならないでしょう」

「同感。すでに実習先を出て行った人のフォローもないみたいだもんね」

春香は指先をなめ、テーブルに頬杖をついた。

「リンダもパンダもケイティも、死ぬ前に何を考えたんだろう。来日を後悔したかな」

「後悔のない人生なんてありません。でも、来日を後悔しないままベトナムに帰国してほしかったですね」

今日もマクドナルドでは会社員たちがおのおの日常を過ごしている。忙しそうにハンバーガーを食べる人もいれば、のんびりと時間を潰している人もいる。

春香はコーラを一口含んだ。

「どっちだったのかな」

「何がですか」

「リンダ、パンダ、ケイティの三人がしなしなポテト派だったのか、カリカリポテト派だったのかってこと」

「そりゃ、三人ともカリカリ一択ですよ」

「しなしなに決まってんじゃん」

春香はしなしなポテトを口に含んだ。適度な塩分が心地よい。

「今日もポテト談議に付き合ってくれてありがとう」

「何をいまさら。俺たちの職業柄、仕事の話ばかりじゃ頭も心もコチコチになりますからね。これだけ一緒にいるんです、志々目さんの魂胆はお見通しです。待機組の時にフライドポテトの好みっていうどうでもいい会話をして、人間の心を忘れないようにしてるんでしょ。野暮なことを言わせないでくださいよ」

春香はポテトの油と塩のついた指を鳴らした。

「マックは心のオアシスだよね」

「マックじゃなくても、日々の食事やらなんやらで人間だと意識してるんじゃ……って説もありますけど」

「あれは気分転換。捜査中の食事って、だらだらできないじゃん。だらだらしてこそ、人間でしょ」

「ですね。ただし、ポテトはカリカリという一線は譲れません」

「ご冗談を。しなしな一本勝負でしょ」

春香は次のポテトをつまんだ。指先に心地よい感触だ。人間に戻れるスイッチがあるのはいいことだ。

いまは一人の人間として、しなしなポテトをゆっくり味わおう。そんな時間が一分でも長く続けばいい。

初出　Amazonオーディブル
二〇二四年七月五日配信
本作はフィクションであり、実在の個人・団体・事件とはいっさい関係ありません。（編集部）

[著者略歴]
伊兼源太郎（いがね・げんたろう）
1978年東京都生まれ。上智大学法学部卒業。新聞社勤務を経て、2013年に『見えざる網』で第33回横溝正史ミステリ大賞を受賞しデビュー。「警視庁監察ファイル」シリーズの『密告はうたう』『ブラックリスト』『残響』は21年、24年にTVドラマ化。ほかの著書に『事故調』『外道たちの餞別』『巨悪』『金庫番の娘』『事件持ち』『ぼくらはアン』『祈りも涙も忘れていた』『約束した街』、「地検のS」シリーズに『地検のS』『Sが泣いた日』『Sの幕引き』、「警視庁監察ファイル」シリーズ『偽りの貌』など。

リンダを殺《ころ》した犯人《はんにん》は

2024年11月25日　初版第1刷発行

著　者／伊兼源太郎
発行者／岩野裕一
発行所／株式会社実業之日本社
〒107-0062
東京都港区南青山6-6-22 emergence 2
電話（編集）03-6809-0473　（販売）03-6809-0495
https://www.j-n.co.jp/
小社のプライバシー・ポリシーは上記ホームページをご覧ください。

ＤＴＰ／ラッシュ
印刷所／大日本印刷株式会社
製本所／大日本印刷株式会社

ISBN978-4-408-53850-1（第二文芸）